고전하다 고전읽다

그침없이 거침없이 철학하는 이야기

고전하다 고전읽다

희원

담다

우리는 날마다 재미있고 매력적인 다양한 활동을 한다. 고전 독서는 그런 활동 중 하나다. 고전 독서를 좋아하는 사람들은 가족과 이웃에 선한 영향력을 행사하기도 하고, 일부는 대학원에 진학해 연구자의 길을 가기도 한다.

저자는 여러 역할을 성실하게 수행하는 분이다. 가정을 꾸려 나가고 부군과 함께 사업체도 운영한다. 그런 가운데서도 시간을 내어 여러 독서 그룹을 운영하고 집필도 한다. 이렇게 바쁜 생활에도 저자는 사색의 결과로 작은 책을 출판하게 되었다. 이 책에는 가족과 함께 겪은 여러 애환이 진솔하게 기록되어 있다. 무엇보다 인상적인 것은 두 자매의 양육과 교육에 관한 이야기다. 두 자매의 개성과 소질을 존중하는 모습이 감동을 준다. 자신만의 교육 방법을 통해 자매의 지적 호기심을 자극하며 스스로 성장하도록 이끌고 있다.

책의 많은 부분이 독서 이야기로 채워져 있다. 독서는 개인의 경험을 확장해 주기 때문에 책 후반부로 갈수록 저자의 다른 세계를 볼 수 있다. 저자는 교양교육기관인 파이데이아와의 만남이 인생에 큰 계기가 되었다고 고백한다. 친숙해진 고전과의 관계는 저자를 대학원 진학으로 안내했으며, 또한 연구자의 길을 열어 주었다. 독서의 위력을 실감하게 된다.

본서는 저자의 지적 성장기라고 할 수 있다. 저자는 인생의 여러 샘플 중 독서를 통해 지속적으로 성장해 가는 인생을 보여 준다. 영국 옥스퍼드대학의 여성 철학자 안스콤(G. E. M. Anscombe, 1919~2001)은 일곱 자녀를 훌륭하게 키워 내면서도 세계적인 학자가 되었다. 지식욕은 한계가 없어서 이를 획득하기만 하면 인간은 무한히 성장할 수 있다. 본서의 출간이 그러한 성장의 발판이 되기를 기대한다.

2024년 7월 22일
파이데이아 아카데미아 원장 신득렬
(팔공산 할배)

엄마는 공부해서 더 멋진 것 같아!

나보다 더 바쁜 큰딸이 모처럼 몇 달 만에 집에 내려왔다. 그
동안의 소소한 일상과 교생 실습, 졸업작품전과 논문, 취업 준
비에 관해 이런저런 이야기를 나누다 보니 순식간에 며칠이 지
나갔다. 서울에 올라가기 전 애틋한 두 시간을 남겨 두고 중국
집에서 같이 점심을 먹는데 둘째 딸의 학교에서 전화가 왔다.

"어머니, 국민교육발전 유공 포상이 있는데 내일까지 공적 조
서를 만들어 보내 주시겠어요?"
"갑자기 내일까지요? 내일은 제가 종일 출장이 잡혀 있는데
요. 일단 알겠습니다."
"엄마, 상 받아? 축하해."

상이 확정된 게 아니라 상을 받기 위해 공적 조서를 만들어 보
내라는 소린데, 큰딸의 축하를 미리 받으니 어이가 없어 피식

웃음이 나왔다. 가뜩이나 바빠 정신없는 상황인데, 왜 생각지 못한 일까지 생기는 건지. 혼자 구시렁거리다가 딸을 보내고 회사로 달려가 메일을 열었다. 교육부장관상 이상의 큰 상이었고, 서류 만드는 것 또한 만만치 않았다. 내가 교육 발전에 언제, 어떻게, 무엇을 기여했는지 쓰려면 활동했던 정확한 내용을 알아야 했다. 기억을 더듬어 예전 자료를 찾고, 학교와 교육청에 전화해 일일이 물어보며 확인했다. 이미 퇴근해서 통화가 안 되는 곳은 다음 날 다시 연락해야 했다. 수집한 자료를 바탕으로 공적 조서를 만들다 보니 새벽 두 시가 다 되었다. 덕분에 십여 년 동안 생업도 주업도 아닌 교육 관련 일을 다양하게 해온 나 자신을 돌아보게 되었다. 딸아이 학교 운영위원, 교육청 여러 위원회 활동, 학부모 서포터즈 및 교육 관련 글쓰기, 문화재단 홍보 기자까지 꽤 오랫동안 많은 일을 했다. IT 전문 직업인으로서 중고등학교와 대학교에서 강의도 하고, 교육청 산하 기관에 우리 회사에서 만든 고가의 VR스포츠 프로그램을 기증하기도 했다.

"이야, 윤은경 억쑤로 열심히 살았네!"

자화자찬. 말하기 부끄럽지만 나는 언제 어디서든 당당

하게 말할 수 있다. 인간 윤은경은 답답하리만치 성실하게 사는 루틴의 달인이라고. 실제로도 그런 말을 많이 듣는다. 사람들의 칭찬을 들을 때마다 내가 제대로 공부하며 사는 것 같아 보람을 느낀다.

어릴 때는 지금과 달리 내성적이고 부끄러움이 많은 데다가 공부 외에는 딱히 잘하는 것이 없었다. 혼자서 공부하다 보면 서너 시간이 훌쩍 지나가는 줄도 몰랐다. 힘들지만 노력한 만큼 결과가 나오는 공부가 좋았다. 지금 회사를 경영하고 단체나 협회 활동을 하면서도 책을 읽고 여러 독서 모임을 한다. 늦은 밤 홀로 불 켜고 앉아 고전을 읽고 논문을 쓰며 대학원 공부를 하는 엄마의 모습이 우리 아이들이 삶을 치열하게 살고 바르게 성장하는 데 보탬이 되기를 바랄 뿐이다. 나를 믿고 응원해 주는 남편과 부모님, 동료와 지인이 있기에 나 또한 포기하지 않고 일과 공부를 병행하며 조금씩 성장하고 있는 것 같다. 친한 교수님이 그런 말씀을 하셨다. 내가 공부하는 걸 보면 마치 수행이나 수련을 하는 것 같다고. 나 또한 동의한다. 종교인의 기도처럼 공부는 어느덧 내 삶의 기도가 되었다.

40대에 접어들면서 일하다가 힘이 들거나 머리가 복잡해질 때면 혼자서 책을 읽었다.

그러다 우연히 알게 된 파이데이아[1] 고전독서토론 모임. 호메로스의 「일리아스」를 시작으로 어느덧 9년 차가 된 지금은 에드워드 기번의 「로마제국 쇠망사」를 읽고 있다. 고전은 정주행하던 나의 삶에 터보 엔진을 달아 준 것만 같다. 젊은 시절 나는 세상에서 제일 힘들고 슬프고 외롭다고 생각했다. 하지만 책을 읽으면서 깨달았다. 고전 속의 인물들과 고전의 저자 누구도 고뇌와 고난, 슬픔과 외로움을 이겨 내지 않은 사람이 없다는 것을. 고전을 읽고 함께 이야기하며 내 생각이 바뀌니 나 자신뿐 아니라 사람과 세상을 대하는 마음과 태도가 달라지기 시작했다. 삶은 누구에게나 호락호락하지 않다. 하지만 모든 상황은 내가 어떻게 생각하고 대처하느냐에 따라 달라진다. 위대하건 평범하건 우리는 같은 인간으로서 공감하고 위로받으며 자기 치유를 하면서 성장한다.

　수많은 고전은 끊임없는 자기 계발의 의지와 노력이 나 자신뿐 아니라 우리가 함께 살아가는 데 중요하다는 것을 일관성 있게 전해 준다.

---

1) 허친스와 아들러가 1940년대부터 교양 교육을 위해 만든 위대한 저서 읽기 프로그램. 호메로스의 「일리아스」부터 시작해 74명의 작가가 쓴 443권의 글을 12년에 걸쳐 읽는다. 우리나라에서는 1991년 대구에서 신득렬 전 계명대학교 교육철학 교수가 '파이데이아 아카데미아'를 설립, 현재까지 팔공산에서 운영하고 있다. 파이데이아에서 함께 책 읽는 우리는 짧게 '파이'라고 부른다.

올해로 딱 오십이다. 백 살까지 산다고 가정하면 정확히 가운데 지점, 절반을 지나고 있다. 내가 생각해도 썩 괜찮은 지금의 나는 저절로 된 것이 아니다. 내게 가장 소중하고 큰 영향을 준 가족과 지인, 이제껏 해 온 다양한 일이 나를 만들었다. 그중에서도 힘들지만 재미있고 내가 제일 잘하는 공부와 교육, 특히 최근의 관심사이자 남은 인생 후반기에 꼭 해야 할 일이라고 생각하는 고전과 철학에 관한 이야기를 하고 싶었다. 그리하여 13년 전부터 기록해 온 페이스북의 글을 토대로 나의 소소한 일상과 생각, 그리고 대단한 호기심과 열정에 비해 아직은 매우 얕은 지식과 경험을 독자들과 공유하려 한다. 사람의 인생 전체를 100이라고 할 때 이 글은 그중에서 행복하고 감사하고 인상적이었던 30에 대한 글이라고 할 수 있다. 읽어 보면 결국 내 자랑이다. 닭살이 돋고 언짢은 마음이 들 수 있으니, 부디 각오하고 읽기를 바란다. 이 책에 없는 나머지 70은 내 인생을 스쳐 지나간 바람이라고 생각한다. 오로지 30을 내 인생의 전부라 생각하고 살기에 이 글 속의 내가 부족함 없이 완벽해 보일런지도 모른다.

먼저 1장에서는 가장 가까운 가족들 속에 존재하는 나의 모습을 볼 수 있다. 딸, 며느리, 아내 그리고 세상에서 가장 어려운 역할인 엄마로서 일인다역을 하며 내 자신의 정체성을 가족 안에서 확립해 나간다. 2장에서는 드디어 가족이라는 울타리 밖의 넓은 세상으로 나와 다양한 사회생활을 하는 내 모습을 볼 수 있다. 역설적이지만 밖에서 오히려 내면의 자아를 발견하게 된다. 남은 인생 무엇을 하며 어떻게 살아야 할지 고민하다가 공부하는 제2의 인생을 시작한다. 3장에서는 한 해 한 해 고전을 읽을수록 마음의 근육이 새롭게 차오르는 걸 느끼며 그동안의 공부를 정리해 보았다. 나는 고전을 읽으며 뒤늦게 소중한 가치를 깨달았다. 젊은 분들이 하루빨리 고전을 읽고 내면화해서 지금보다 좀 더 나은 삶, 보람된 삶, 행복한 삶을 살 수 있도록 돕고 싶다.

책을 쓰고 보니 완전히 발가벗은 기분이다. 아직 모르는 것이 너무 많다. 공부할수록 지금 알고 있는 것조차 제대로 아는 건지 자신이 없어진다. 누군가에게 조언해 주고픈 선한 마음이 그저 꼰대 짓으로 보일까 봐 걱정도 된다. 그럼에도 불구하고 이 책의 어느 한 줄이라도 읽는 이들의 마음에 닿아 삶의 변화가 시작된다면 그것만으로도 만족하고 감사하다.

동서고금을 불문하고 적용되는 고전의 지혜를 내 것으로 만들어 독자들 모두 어제보다 더 행복하고 감사한 오늘을 살길 바란다.

철학이 좋다는 고등학교 2학년 둘째 딸이 내게 한 말이다.

"엄마, 엄마는 공부해서 더 멋진 것 같아!"

그래, 엄마도 평생 공부하는 그런 멋진 엄마로 살고 싶다.

|차례|

2_ 세상을 공부하는 엄마

3_ 고전을 읽는다는 것

1_ 나를 이루는 사람들

나는 항상 가족 안에 있었다.

우리 부모님, 그의 부모님, 그 사람,
그리고 우리 아이들.
나는 딸이었고, 며느리였고, 아내였고,
엄마였다.

그들이 나였고
내가 그들이었다.

큰딸이 만든 우리 가족 인형

경아야, 병원에 같이 갈 시간 되나

"애들 안 챙기고 대체 뭐 한다고 이래 늦노?"

어린 시절 우리 딸들은 학교 수업이 끝나면 곧장 외가로 갔다. 외할머니가 챙겨 주는 간식을 먹고 학원에 다녀와 숙제를 하고, 저녁까지 먹은 후 내가 데리러 오기만 기다렸다. 나와 남편이 둘 다 늦는 날이면 아버지는 못마땅해하시며 아이들을 우리 집까지 데려다주셨다. 우리 영주님[2]이 초등학교에 입학해 신학기 준비물이 많았을 때다. 아버지는 엄마가 꼼꼼히 챙긴 신입생의 가방이 너무 무겁다며 한 손에는 가방을 바짝 움켜쥐고 다른 손으로는 손녀의 손을 꼭 잡고는 학교 정문 앞까지 데려다주셨다. 아버지는 학기 초 손녀 걱정에 한동안 등굣길에 동행하셨다. 출근길에 멀리서 아버지와 둘째 딸의 뒷모습을 보며 차를 돌려 일하러 갈 때면 왠지 모르게 눈물이 왈칵 나곤 했다. 작

---

2) 우리 둘째 딸. 중세 시대 영주처럼 카리스마 작렬하는 멋진 영주님이 되라고.

고 여린 아이는 늙고 마른 우리 아버지를 의지하고, 아버지는 그런 손녀를 애지중지하며 걸어가던 그 뒷모습이 지금도 내 마음을 찡하게 만든다.

함박눈이 내리던 어느 날 밤엔 김 사장[3]이 할아버지 뒷모습을 사진 찍어 보내 줬다. 대구에 모처럼 내리는 눈이라 길이 얼어붙는 것도 잊은 채 나도 아이처럼 마냥 신이 났다. 이심전심인지 딸들도 밖에 나가 눈사람을 만들며 즐거워했던 것으로 기억한다. 퇴근 후 내가 데리러 오기만 기다리던 아버지는 결국 또 반찬 가방을 들고 소복하게 눈 쌓인 밤길을 나섰다. 앞장서는 외할아버지를 따라 종종걸음으로 우리 딸 둘은 그렇게 집으로 향했다.

내 기억 속의 아버지는 다정하게 손잡고 가는 일 없이 언제나 저만치 혼자 앞장서 가셨다. 평소 말씀도 거의 없어 무섭고 무뚝뚝하기만 했다. 구랑[4]이 20여 년 전, 처음으로 부모님에게 인사드리러 온 날, 뭐가 그리 좋으신지 아버지는 예비 사위와 둘이서 소주 예닐곱 병을 마셨다. 당시 나이도 많고 직업도 없고 돈도 없던 고시생, 사람 하나 보고 아무 반대 없이 하나뿐인 딸내미의 결혼을 허락하셨다. 그리고 이제는 외손녀들에게 한없

3) 우리 맏딸. 대학생 때 휴학하고 당차게 창업에 뛰어들어 김 사장이라 부른다.
4) 남편은 대체 언제까지 신랑(新郎)인가? 결혼하고 오래되었으니 구랑(舊郎)이다.

이 자상한 할아버지가 되었다. 큰딸이 보내 준 사진 속의 작아진 아버지 모습에 그저 미안한 마음만 들었다. 함박눈 펑펑 내리던 그날 밤, 울 아버지의 뒷모습과 딸들의 얼굴이 내 마음속 깊이 자리 잡았다.

사람의 뒷모습은 왠지 모르게 슬프다. 앞모습은 밝게 웃으며 씩씩한 척해도 뒷모습은 조용히 아니라고 이야기하는 경우가 많아서 그럴 것이다. 소중한 사람의 뒷모습을 보면 왠지 모르게 애틋하고 감사하고 든든하고 기쁘면서도 슬프다. 어떨 땐 그 뒷모습에 혼자 주먹을 불끈 쥐고 힘을 내기도 한다. 뒷모습은 미처 말하지 못한, 혹은 말할 수 없는 이야기를 하는 것만 같다.

우리 엄마, 우리 아빠

오십 된 내가 아직도 부모님 눈에는 공부만 할 줄 알지 아무 것도 할 줄 모르는 어린아이처럼 보이나 보다. 아프고 힘든데도 김치며 찌개며 각종 밑반찬에 나물 반찬까지 해서 통에 담아 챙겨 주셨던 엄마. 밥은 먹고 다니는지, 못 챙겨 먹은 밥은 다시는 못 챙겨 먹는다며 걱정하는 우리 엄마다. 다행히 우리 집네 식구는 식성이 아주 좋다. 무슨 음식이든 남김없이 맛있게 잘 먹는다. 콩이랑 잡곡을 섞은 쌀을 전날 밤에 씻어 물에 푹 불

려 다음 날 전기밥솥에 지어 먹었는데, 친정엄마 눈에는 푸석
해 보이는 전기밥솥 밥이 맘에 걸렸나 보다. 엄마가 쓰던 압력
밥솥이 고장 나 새로 사러 간 길에 우리 집 밥통까지 똑같은 것
으로 하나 더 사 오셨다.

"경아야, 밥통 사 놨다. 좋은 건 아니지만 똑같은 거 두 개 샀
다. 우리 하나, 너 하나. 가져가!"
"뭐 하러 샀어? 우리 집 밥통 아직 멀쩡한데."
"느그 아부지가 우리 경아 꺼도 사 주란다."

나는 참 밥통 같다. 부모님 마음을 언제나 다 알 수 있을까?
 하루는 퇴근길에 들렀다가 가라고 하시길래 반찬을 또 해 놓
으셨나 생각하며 갔더니, 콩나물을 무치던 엄마가 방에 들어가
봉투를 하나 건네주셨다.

"이건 뭐야?"

"등록금에 보태 써라. 김 서방이 우리 용돈 주랴 너 공부시키
랴 애쓴다. 엄마가 이거라도 해 줄 수 있어서 다행이다. 아빠한
테 감사하다고 말하고 가."
"엄마, 아빠 병원 다니려면 돈도 많이 드는데 뭘 챙겨 줘? 엄

마 딸 성적 우수 장학금 받아서 괜찮아."

"아무 소리 하지 말고 그냥 가져가라."

집에 오는 길, 영주님과 얘기했다.

"외할머니랑 외할아버지가 다 늙은 엄마 공부를 또 시켜 주시
네. 이러니 엄마가 공부 열심히 해야겠제?"

봉투를 열어 보니 한 장 한 장 똑같은 면으로 가지런히 정리해
넣은 지폐에서 엄마의 마음이 느껴졌다. 식탁에 가만히 앉아 생
각했다. 아무래도 엄마 아빠는 딸이 아무 말 안 하고 씩씩한 척
돌아다녀도 딸의 형편과 마음을 다 꿰뚫어 보고 계신 듯하다.

친정엄마는 목소리도 크고 덤벙대기도 하지만 밝은 성격에
항상 유쾌하고 씩씩한 분이셨다. 그렇게 건강할 때 우리 딸 둘
을 키우느라 고생만 하셔서 그런지, 어린 손녀들을 제법 다 키
우고 이제 좀 쉴 만하다 싶으니 덜컥 혈액암에 걸려 7년 넘게
약을 드시는 중이다. 아버지도 이제 팔순을 넘겨 여기저기 아
픈 데도 많고 키도 작아지고 몸도 많이 야위었다. 술도 좋아하
고 담배도 좋아하던 울 아버지. 그렇게 좋아하던 술을 끊은 지
몇 년이나 되었고, 남은 즐거움이라곤 담배 한 갑으로 일주일

피우는 게 전부였는데 여기저기 아프면서 먹는 약이 많다 보니 담배까지 끊으셨다. 몸이 아파도 자식에겐 가능한 한 내색하지 않고 어떻게든 두 분이 알아서 병원에 가시는 우리 아버지와 엄마. 죽을 때까지 자식 힘들게 하면 안 된다는 일념으로 사시는 것 같다. 이제 몸이 쇠약해 오르막길을 걸어 병원 가기 힘들 때면 전화가 온다.

"엄마 셋째 주 목요일 정기검진 가야 하는데 같이 가 줄 시간 되나?"

나는 이런 전화가 참 좋다. 쓸모 있는 딸이란 걸 확인해 주는 것 같아서다. 주변에 부모님을 여읜 지인들이 얘기한다. 아파도 힘들어도 부모님이 살아 계시니 얼마나 좋으냐고. 맞다. 우리가 평생 기댄 든든한 언덕이니. 어느새 이제는 우리가 그들에게 언덕이 되고 있다.

오래오래 함께하고 싶지만

이른 아침 고등학교 시절 단짝 친구에게 연락이 왔다. 아버지가 돌아가셨단다. 순간, 오토바이를 타고 다니시던 친구 아버님을 보고 홍콩 영화배우 홍금보 같다며 깔깔대던 옛날 생각이 났다. 다음 날 아침 혼자 고향으로 차를 몰았다. 5년 만에 만나는 친구, 오랜만에 그동안의 얘기를 하며 떠난 아버님이 우릴 이렇게 다시 만나게 해 주시는구나 싶었다. 친구와 헤어지고 고향의 유명한 빵집에 들러 빵을 샀다. 엄마가 빵을 보고 무슨 일로 고향엘 갔는지 물으시면 뭐라고 대답하지? 누군가 세상을 떠날 때마다 우리 엄마 아버지의 순서도 다가옴을 느끼기에 맘이 울적해지곤 한다. 엄마 마음도 아플까 봐 말을 못 하겠다. 다음 날 출근하며 아무 말 하지 않고 엄마에게 빵을 갖다 드리는데 엄마가 조심스레 말씀하셨다.

"경아야, 내가 자꾸 아프니까 맘이 이상해지는 게 글을 쓰고 싶다."

엄마의 말에 가슴이 철렁 내려앉았지만, 이내 아무렇지 않은 듯이 대답했다.

"좋지! 엄마 글 잘 쓰잖아. 엄마 살아온 지난날을 생각하며 노트에 매일 쓰고 싶은 거 써 봐. 내가 책으로 만들어 줄게. 글 쓰다 보면 재밌어서 엄마 건강에도 좋겠다."

엄마는 내가 중·고등학교에 다닐 때 라디오에 종종 생활 수기를 써 보내셨는데, 사연이 소개되고 선물을 받으면 무척이나 좋아하셨다. 내가 글을 잘 쓴다면 그건 아마도 우리 엄마를 닮아서일 게다. 엄마의 글쓰기를 응원하며 예쁜 노트와 펜, 꽃다발을 준비해 전해드렸다. 평생 마음 다해 오빠와 나를 키우고 외손녀 뒷바라지까지 하며 고생하신 우리 부모님. 오래오래 건강하게 함께하고 싶다.

니 철학관 차릴라꼬 공부하나

"윤 오마이는 음식 버리는 일 없이 맛있게 잘 먹어서 좋아. 엄마는 하나도 안 힘들어."

피와 살을 나누어 주신 친정 부모님이 있다면, 마음으로 나를 키운 또 다른 어머니가 있다. 당신이 든든히 여기는 둘째 아들보다 더 믿음이 가고 좋다며 눈에 훤히 보이는 거짓말도 아무렇지 않게 하시는 우리 시어머님. 그 옛날 힘든 형편에도 홀로 열성을 다해 오 남매를 키우고 가르쳤다는 자부심이 가득하지만, 공부에 대한 당신의 끝없는 욕심에는 못 미쳤는지 새로 들어온 식구인 내가 제일 똑똑하다고 엄청 추켜세워 주셨다. 그 바람에 나는 시댁 식구들, 특히 동서들 사이에서 괜히 불편하고 말도 행동도 오해받았던 것 같다. 하지만 시어머님은 누가 뭐라 해도 아랑곳하지 않고 당신 소신대로 말씀하고 행동하셨다.

시어머님은 70대 몸이 정정할 때까지 주말마다 소금 자루를 메고 갓바위에 올라 철야 기도를 하고 봉사까지 도맡아 하던 열성 불자셨다. 며칠 동안 절에 머무르며 보살님들에게 받은 떡, 과일, 부침개, 과자, 사탕, 불기 밥 등을 봉지에 담아 차곡차곡 모아 놓으셨다. 그리고 기도를 마치는 날에 음식을 담은 배낭과 보따리를 메고 들고 버스를 두 번이나 갈아타며 어둑어둑 해가 질 무렵 우리 집에 오셨다. 80대가 되어 허리가 꼬부라지고 청력과 기력이 약해진 뒤로는 댁에서 가까운 해인사에 가서 기도하고 자식들에게 시간 되면 엄마 보러 절에 오라며 불러들이곤 하신다. 평생 자식을 위해 기도하며 부처님께 의지해 살아온 어머니는 자식과 손주가 절에 오면 주변 보살님들에게 자랑하는 낙으로 사신다. 어머니와 함께 저녁 공양을 마치고 헤어지면서 뒤를 돌아보면 언제나 우리 가족이 일주문 쪽으로 사라져 보이지 않을 때까지 서서 내려다보곤 하신다. 옛날 어른치고는 큰 키인 160cm에 언제나 목과 허리에 꼿꼿이 힘주고 뒤로 넘어질 듯이 어깨를 펴고 다니시던 분인데, 이제는 완전 상할매가 되었다. 굽은 허리에 지팡이를 짚고 걷는 자그마한 노구의 어머니를 보면 마음이 찡해진다.

절에서 기도하며 부처님께 받은 복이 행여 다른 데로 달아날까 봐 곧장 우리 집으로 오시던 어머니. 모든 자손을 위해 기도

하지만 어머니는 그 누구보다도 둘째 며느리가 잘되게 해 달라고 기도하신다. 내 손을 보며 공부만 할 줄 알지 일은 못 하는 게으른 손이라고 말씀하시면서도, 집에서 살림만 하기엔 며느리 능력이 아깝다고 밖에 나가 일하고 가능한 한 더 공부하라며 늘 격려해 주신다.

어머니는 젊어서부터 귀가 잘 안 들렸다고 한다. 이젠 청력이 거의 상실되어 보청기를 하고도 사람의 입 모양을 보지 않으면 아무리 큰 소리로 말해도 알아듣지 못하신다. 전화를 드려도 당신 귀엔 잘 들리지 않으니 "엄마는 건강하고 잘 지내니까 아무 걱정하지 말고 니들이나 건강 챙기며 잘 살아라"라고 일방적으로 크게 말씀하시고는 끊는다. 대신 예전엔 시력이 좋지 않아 안경을 써야 책을 볼 수 있었는데 연세 드시며 기적같이 눈이 밝아져 이젠 안경을 쓰지 않고도 책을 읽고 사경을 하신다.

"내가 눈이라도 잘 보이고 글자라도 배웠으니 안 심심하지, 안 그랬으면 우짤 뻔 했노?"

"그러게 말이에요, 어머니. 부처님이 공평하신가 봐요. 어머니 눈은 잘 보이니 귀 안 들린다고 짜증 내면 안 돼요."

"알았데이."

어머니가 살고 계신 시골에는 아직도 한글을 모르는 어르신이 많다. 젊을 땐 초등학교밖에 안 보내 준 부모님이 야속했는데 지금은 그나마 초등학교라도 보내 줬으니 얼마나 감사한지 모른다고 하신다. 몇 년 전 시골에 문해교실이 열렸을 때 어머니는 나름 동네 우등생으로 한글 선생님의 오른팔 역할을 하셨나 보다. 한글을 처음 배우며 삐뚤빼뚤 그림 그리듯 글자를 쓰는 동네 할머니들은 반듯하니 예쁘게 글씨를 쓰는 어머니를 엄청 부러워했고, 어머니는 한글을 모르는 분들에게 알려 주며 어깨가 으쓱했었나 보다. 오지랖이 태평양이고, 아는 척하는 걸 은근히 뽐내는 우리 어머니 모습을 상상하면 웃음이 나온다. 내가 대학원에 입학해 교육철학을 공부하고 철학책 읽는 것을 본 어머니는 궁금한 게 많았나 보다.

"니 나중에 철학관 차릴라꼬 철학 공부하나?"

어머니의 말씀에 배꼽을 잡았다. 그런 철학이 아니라고 말씀 드리고 내가 공부하는 곳에도 모시고 갔다. 그래도 궁금증이 안 풀렸는지 내가 집에 없을 때 도대체 며느리가 어떤 책을 읽는지 궁금해서 책을 읽어 봤다고 하신다. 읽어도 무슨 말인지 하나도 모르겠단다. 그럼에도 불구하고 어머니는 당신 생각에 빠져 명당이나 사주 보는 법에 관한 책을 어디서 구해 와 읽어 보라며 자꾸 권하셨다. 어머니 연세에 나름 책깨나 읽는다는 자부심으로 사시니 어떻게든 며느리한테 관심을 가지고 뭐라도 도움을 주고 싶었나 보다. 정말이지 우리 어머니는 못 말린다. 절에 가서도 지인들에게 며느리가 박사 공부를 한다고 자랑하시나 보다. 이런 어머니의 사회적 체면을 지켜드리기 위해서라도 나는 열심히 공부해야 한다.

돌아가신 시어른들을 모시며

어머니는 당신의 시어른에 대한 존경과 죄송한 마음이 아주 크다. 홍수가 나서 살림살이가 거의 다 떠내려가고 이사 다니다가 분실되어 어머니의 시부모님 사진이 온전한 게 없었다. 살아생전 어머니가 지극정성으로 모신 두 분. 어머니는 돌아가신 시부모님이 저승에서도 자식과 손주들을 위해 발바닥에 피나도록 열심히 뛰어다니고 계실 거라고 명절과 제사 때마다 늘 이야기하신다. 오랜 기간 앨범 속에 따로 있던 두 분의 낡은 사진을 봉안당에 새로 모시면서 김 사장에게 특별히 부탁했다. 각각의 사진을 최대한 곱게 보정해서 두 분이 다정하게 같이 찍은 것처럼 만들어 달라고. 할아버지 사진은 세월에 바래고 할머니 사진은 언제 찢어졌는지 테이프를 붙인 누런 자국이 진했다. 두 분의 기특한 증손녀인 김 사장이 두 사진을 보정해서 잘

합성했다. 그리고 시내에 나갔다가 오는 길에 사진관에서 인화해 예쁜 액자에 담았다고 버스 안에서 사진을 찍어 보냈다. 어머니께 보여 드리니 정말 흐뭇해하셨다. 얼마 전엔 조부모님에 이어 시아버님 산소도 정리해 우리 집 곁에 있는 봉안당에 모셨다. 퇴근길 집으로 가다 보면 길 오른쪽 저편에 어른들을 모신 봉안당이 보인다. 그러면 자동차 창문을 내리고 외치곤 한다.

"아버님, 저 이제 퇴근합니데이. 안녕히 주무세요!"

훗날 어머니도 하늘나라에 가시면 시할아버지, 시할머니, 시아버지와 함께 우리 집 곁에서 우릴 지켜 주시겠지. 시집온 이래로 20여 년 동안 한결같이 조상을 섬기고 자식을 위해 절절하게 기도하는 시어머님의 마음을 나는 계속 보아 왔다. 때론 지나치다 싶을 때도 있었지만 나이가 드니 이젠 어머니 마음을 알 것 같다. 나도 곧 어머니와 같은 나이와 처지가 될 텐데, 나 자신과 주변의 소중한 사람들을 위해 기도하는 마음으로 살아야겠다.

경상별나라 꼰대 대마왕

"우리 남편은 혼자 있으면 외롭다며 뭐든 같이 하고 어디든 같이 가자고 해요. 내가 외출하면 수시로 전화해서 뭐 하는지, 어딘지, 누구 만나는지, 언제 오는지 물어요. 귀찮기도 하고, 사람 마음 불편하게 감시하는 것 같아 짜증도 나요."

"부럽네요. 우리 구랑은 제가 같이 가 준다고 해도 뭐 하러 둘이 가냐며 혼자 가면 된다고 하고, 평소 업무 관련된 것 외에는 저한테 먼저 전화하는 일도 거의 없어요. 제가 전화하면 왜 했냐고 시큰둥하게 묻거나 아예 전화를 잘 받지도 않아요. 카톡 보내면 십중팔구 읽기만 하고 대답 안 하고, 제가 밤늦게 집에 가거나 심지어 해외 출장을 가도 연락 한번 없어요. 다른 남편들은 연락하던데 나만 남편 없는 여자 같다고 하면, 뭐 하러 쓸데없이 연락하냐고 밖에 나가 일하는 사람 맘 편하게 연락 안 하는 게 맞지 않냐고 그래요. 그리고 뭐 하는지 어디인지 누구 만나는지 그게 대체 왜 궁금하냐고 그래요. 그러니 서운할 때가 많아요. 가끔은 이 남자 마음이 딴 데 있나 싶어 서럽기도 하고요."

어찌 보면 왜 같이 사는지 모를 정도로 우리 구랑은 뭐든 혼자 알아서 한다. 자기애가 강한 만큼 남의 생활에 별 관심이 없고, 관심이 없으니 간섭도 하지 않는다. 어쩌면 구랑의 이런 성격 때문에 내가 바깥 생활을 비교적 자유롭게 할 수 있는지도 모르겠다. 하지만 다정하게 일상을 공유하고 이야기를 주고받는 부부를 보면 부러울 때가 많다. 물론 그들은 나를 부러워할지도 모르겠지만. 생각해 보면 연애할 때는 이 정도는 아니었다. 제법 말랑말랑하고 다정다감했던 것 같은데 이젠 연인도 부부도 아닌, 그저 같이 사업하는 동반자나 동지 같다. 어느새 별말 없이 대충 눈빛만으로 통하는 그런 관계가 되어 버렸다. 아이들이 없으면 둘이 대화도 거의 하지 않고 데면데면하다. 물질적인 것보다 소소한 관심과 배려에 더 감동하는 나로서는 지금까지 살아온 날보다 앞으로 살아갈 날이 훨씬 더 걱정이다.

7~8년 전의 일인 것 같다. 구랑이 서울 출장길에 지하철역 계단을 내려가는데 갑자기 무릎이 풀리며 퍽 소리와 함께 넘어졌다. 통증이 있는 와중에도 하루 일정을 마치고 기차를 타고 대

구에 도착해 운전까지 해서 집에 왔다. 그날은 밤이 늦어 아픈 걸 참고 그냥 잤다. 다음 날도 출근해 통증을 참고 다니다가 도저히 안 되겠다 싶었는지 혼자 병원에 갔다. 상태가 심각해 곧바로 수술실에 끌려가다시피 한 후에야 나한테 전화한 구랑. 십자인대 파열이었다. 그 지경으로 어떻게 혼자 다닌 건지. 신혼 때는 맹장염인 줄도 모르고 며칠을 참고 다니다가 결국 복막염으로 혼자 수술실 들어간 일도 있었다. 남편 직장 동료의 전화를 받고 놀라서 병원으로 달려가 수술실 앞에서 기다리던 그날이 떠올랐다. 이 사람은 정말 일관성 있다. 수술이 끝나고 입원실로 옮길 때 드디어 얼굴을 봤다.

"육체적 고통이야 참으면 되지."

수술 후 진통제도 없이 유유자적 〈불후의 명곡〉을 시청하던 무시무시한 이 남자가 바로 내 남편이다. 문디, 멋있는 척은 혼자 다 한다. 자기가 삼국지의 관우라도 되는 줄 아는지. 남들에게 아쉬운 소리나 부탁 같은 건 체통 떨어진다고 하지 않는다. 그렇게 아프고 힘들 땐 마누라한테라도 엄살 피우고 징징대면 좋을 텐데 그러지도 않는다. 뭐든지 자기가 다 알아서 한다고 큰소리다. 그럴 것 같으면 결혼은 대체 왜 했는지 모르겠다. 그냥 혼자 살지. 정말 엄청 서운하다.

혼자 멋있는 척은 다 한다

큰딸이 장염으로 입원한 적이 있다. 그때를 생각하면 이 남자는 참 희한한 사람이다. 해외 박람회 일정으로 내가 중국에 갔을 때다. 룸메이트였던 친한 대표님은 하루에도 몇 번씩 남편과 카톡을 주고받고 통화도 매일 저녁 했다. 반면에 우리 남편에게서는 단 한 번도 연락이 없었다. 처음엔 마음 편하고 자유로워서 좋았는데, 날이 갈수록 은근히 서운한 마음이 들었다.

'아니, 마누라가 혼자 해외 출장을 갔는데 궁금하지도 않나? 잔소리하는 마누라가 없어 엄청 좋은가?' 속상했다. 박람회가 끝나고 인천공항에 내리자마자 전화해 도착했다고 볼멘소리를 하니 그제야 남편은 잘 다녀왔는지 물었다. 그러고는 하필 내가 없는 동안 큰딸이 아파 병원에 입원했다고 했다. 애가 아픈데 왜 연락을 안 했냐고 따지듯이 묻자, 목숨이 왔다 갔다 하는 것도 아니고 연락한다고 해외에서 당장 올 수 있는 것도 아닌데 괜히 마음만 쓰고 힘들어할까 봐 연락을 안 했다는 거다. 공항에서 버스를 타고 내려오는 내내 부끄럽고 고맙고 미안한 마음에 눈물이 줄줄 흘렀다. 아, 이놈의 영감탱이!

신은 참 공평하고 지혜로운 것 같다. '이놈들 고통 한번 당해 봐!' 하면서도 은근히 소중한 것을 깨닫게 해 주신다. 한편, 사람 마음은 참 간사하다. 머리로는 이해하지만 마음은 그게 안 된다. 어쩌면 달라도 이렇게 다를까? 우리가 서로 맞추어 살아 간다는 것은 정말 기적 같은 일이다.

"당신은 내가 말하면 잘 들어보지도 않고 왜 무조건 잔소리로 생각하냐? 왜 내가 원하지도 않는 걸 맘대로 사 주고는 혼자 만족하고, 내가 싫은 내색을 하거나 투덜거리면 화를 내냐? 내 맘은커녕 내 취향도 그렇게 모르냐?"

"우리 부모님도 나한테 이래라저래라 간섭 안 했다. 나는 내 성격대로 살지 않으면 죽은 목숨과도 같다."

몇 번을 고민하다가 어렵게 말을 꺼내면 들으려 하지도 않고 무안을 주거나 무시하며 자기 생각대로 한다. 잘못한 일에도 반성하거나 용서를 구하지 않고 사람이 그럴 수도 있다며 구렁이 담 넘어가듯 하거나 오히려 적반하장이다. 먼저 사과할 줄도 모른다. 내로남불이 따로 없다. 이만큼 같이 살았으면 바보도 아니고 분명 아내의 마음을 알 텐데, 미안해서라도 맞춰 줘야 할 텐데 부끄러워서 그러는 건지 통자존심에 비굴하다고 생각하는 건지 도무지 알 수가 없다. 결혼하고 한참 동안은 이렇게 나와 생각이 다른 데다가 365일 중 300일 이상 밖에서 사람들을 만나며 새벽까지 연락되지 않는 남편 때문에 서운하고 못마땅하고 심지어 화가 날 때가 많았다.

'나는 이 남자에게 무엇인가? 사랑해서 결혼했는데 지금 우리는 사랑하고 있는 걸까?'

그래 마음 넓은 내가 봐준다

어느 날 문득, 구랑도 저 반대편에서 나와 같은 생각을 하고 있지는 않을까 하는 생각이 들었다. '사랑은 내가 즐거운 게 아니라 상대방을 즐겁게 해 주는 것'이라는 정의를 접한 뒤 그 사람의 입장에서 곰곰이 생각해 보았다. 괜히 미안해졌다. 너무나 다른 우리, 그 사람의 어떤 점이 내 마음에 안 들고 이해되지 않듯이 나의 어떤 부분도 그 사람에게 전혀 이해되지 않고 이상하지 않을까. 이해와 인정, 동의와 동감을 넘어서 공감까지 가는 길은 사실 그리 멀지도 어렵지도 않은데 말이다. 어차피 사람도 상황도 그리 쉽게 변하지 않는다. 변해야 하는 것은 결국 나 자신이다. 내 생각을 바꾸면 모든 게 바뀐다는 것을 이 나이가 되어서야 조금씩 알게 된다. 생각해 보니 연애할 때도 구랑은 나와 둘이 있는 것보다 항상 북적북적 사람들과 함께 있는 걸 더 좋아했다. 무엇이든 자기 주도적으로 했다. 그렇다. 이 사람은 그때나 지금이나 변한 게 없다. 내가 변했다. 이 사람을 내 것으로 생각하고 내게 맞추려고만 했다. 왜 나를 먼저 배려하지 않는지, 왜 가족부터 안 챙기는지 늘 서운해하고 화를 냈다.

이제껏 우리 가족끼리만 챙기던 구랑 생일을 남편이 좋아하는 동생 부부들과 함께 축하했다.

　"내가 다 쏘는 거야. 매년 당신이 좋아하는 사람들과 함께 생일 축하하면 좋겠네."

　서프라이즈 생일파티에 깜짝 놀란 우리 구랑. 저렇게나 좋아하는데 어찌 나 혼자 저 사람을 차지하려 했을까. 마음을 열고 함께하니 나도 기분이 좋았다.

　저녁엔 대학원에 가거나 협회 활동과 여러 가지 책 관련 모임을 하다 보니 구랑이 혼자 저녁 먹는 일이 많아졌다. 예전엔 늘 나 혼자 집에서 대충 저녁을 먹곤 했는데, 지금은 그 외로운 경험을 남편이 하고 있다. 25년을 함께 살아왔는데 앞으로 몸과 정신 건강하게 함께 살아갈 날이 20년이나 되려나? 아깝고도 소중한 시간이다. 마침 운전하며 라디오를 듣는데 5월 21일은 둘이 하나 되는 '부부의 날'이라며 애청자들의 사연이 소개되었다. 순간 생각나는 게 있었다. 결혼 전 구랑이 '둘이 완벽한 하나'가 될 때까지 잘 지내보자며 윤동주 시집에 아주 진지한 궁서체로 편지를 써서 선물해 준 일이 있다. 옛날엔 나도 부부란 그런 것이라고 생각했다. 하지만 이제 생각이 달라졌다. 둘은 절대 하나가 될 수 없다. 서로 다른 둘이 자기 개성대로 살면서 서로 존중하며 각자의 길을 가는 거다. 그러면서 배려하고 양보하고 마음을 내어 주면 그게 전부인 거다. 온전한 한 사람이 또 다른 온전한 한 사람인 상대를 행복하게 해 주겠다는 마음만 가지고 있으면 된다. 「수상록」에서 몽테뉴가 한 말이 딱 맞다.

"누가 나에게 그 사람을 왜 사랑하냐고 묻는다면 그는 그였고 나는 나였기 때문이라고밖에 대답할 길이 없습니다."

부부의 날이라서가 아니라 그냥 구랑에게 미안하고 감사한 마음에 된장찌개를 보글보글 끓이고 오랜만에 육회를 준비해 예쁘게 밥상을 차렸다. 내가 집에 있는 날에는 변변찮아도 정성 들여 밥상을 차려 함께 식사하고, 그 사람이 혼자인 날에는 잘 챙겨 먹기를 바라며 뭐라도 준비해 놓으려 노력한다. '당신이 아무리 이해 안 되고 나를 힘들게 해도 이젠 그냥 내 운명이려니 생각하며 살게. 그저 오래오래 건강하게 함께 삽시다.'

엄마, 내가 봐도 내가 제일 잘 큰 것 같아

"엄마, 나 미대 갈래."

인생은 멀리 돌고 돌아 결국엔 제자리로 오는 것 같다. 고3, 많이 아프고 힘들었던 녀석. 착하게도 19년 동안 하고 싶은 걸 말 못 하고 억누른 채 살았나 보다. 엄마 아빠는 어느 가정보다 아이들과 자유롭게 소통하며 함께한다고 생각했는데, 기성세대인 우리만의 착각이었나 보다. 넘어진 김에 쉬어 간다더니, 우리 큰딸 그동안 가슴속 깊이 넣어 두고 꾹꾹 참아 왔던 걸 생애 처음으로 터트렸다.

미술을 하고 싶다는 청천벽력 같은 선언! 며칠 동안 서로 고민했다. 아기 때부터 미술과 음악에 남다른 소질이 있는 건 알고 있었지만 너무나 영특한 탓에 —참고로, 나는 고슴도치 엄마다— 공부 열심히 해서 전문직을 갖고 예술은 취미 생활로 하기를 바라며 그 좋아하는 걸 은근히 하지 못하게 했다. 어찌 아이 인생을 내 맘대로 하려고 했을까. 이제 와 돌아보니 너무나 큰 죄를 지은 것 같아 미안했다. 의기소침하던 우리 딸은 당차게 마음을 먹고 나니 활력이 생겼다.

"늦었다고 생각하지 말고 1년간 열심히 실기 연습하고 공부도 하며 꿈을 이뤄 보자. 그림과 공부 두 가지를 해야 하니 쉽지 않을 거야. 그래도 할 수 있겠지? 어쩌겠어. 네겐 평생 부담이 될 말이지만 넌 엄마 아빠 딸이잖아. 엄마 아빠 닮아서, 아니 엄마 아빠보다 더 잘할 테니 열심히 해 보자."

수시 세 번을 치르면서 쑤욱 성장한 큰딸. 미술에는 문외한인 엄마지만 아이의 눈빛, 말 한마디, 몸짓 하나에서 다 알 수 있었다. 좀 더 일찍 미술을 하게 해 주지 못해 미안할 뿐이었다.

"이제 수시 마지막이네. 어디라도 붙어야 할 텐데, 엄마."
"붙을 거야. 아니면 어때? 정시 준비하면 되지."
"학원비도 많이 들고, 수시 보러 다닌다고 엄마 시간도 다 빼앗고, 나 때문에 엄마 운전하느라 고생하고. 내가 빨리 잘돼야 할 텐데."

엄마를 보면 미안한지 생글생글 웃으며 더 힘내서 그림 그리던 김 사장. 10개월 참 열심히 달렸다. 줄긋기부터 시작한 미술, 그리고 10개월 차에 본 수시의 첫 발표날 아침. 잠에서 깬 아이가 휴대폰을 검색하더니 소리쳤다.

"엄마, 나 합격했어!"

고마움에 아이를 와락 안고 기쁨의 눈물을 흘렸다. '해냈구나, 우리 딸! 고마워.'

그렇게 늦은 사춘기 1년을 무사히 보내고 큰딸은 하고 싶은 미술을 시작했다.

소신대로 당당하게 사는 거야

"아니, 코에 피어싱했다고 내가 겉멋만 든 노는 아인 줄 알았다지 뭐야. 어쩐지, 그 작가님 외모부터 맘에 안 들고 말투도 완전 꼰대 같더라."

갤러리에서 아르바이트하는 큰딸의 말이다. 아르바이트하기로 결정이 되었는데 갑자기 작가가 다른 학생을 구하겠다고 연락한 것이다. 큰딸이 무척 속상해했다. 그런데 이틀 후 다시 전화가 와서는 작가가 직접 면접을 하겠다고 했다.

"나는 대학에서 아이들도 가르치고, 그래서 다 이해하는데. 갤러리에 오는 손님 중에는 그렇지 않은 분들이 있을 수도 있으니 음, 코에 있는 피어싱은 빼고 올 수 있겠나? 귀 피어싱도 머리카락으로 가리고."

그거였다. 큰딸 전화번호를 알게 된 작가가 딸아이의 카톡 사진을 보고 기겁한 것이다. 그동안 큰딸이 아르바이트를 신청하는 족족 안 된 게 이거 때문이었나? 이후 우리 큰딸은 프로필 사진을 바꿨다. 다행히 그 대왕 꼰대 같다던 작가는 우리 큰딸의 매력에 푹 빠져 간식도 열심히 챙겨 주고, 손님들에게 굳이 안 해도 되는 자랑까지 엄청나게 했단다. 물론 우리 딸도 그 교수님 알고 보니 참 좋은 분이라고 했다.

딸! 앞으로 세상을 살다 보면 편견이나 선입견에 부딪히는 일이 많을 거야. 그것 때문에 기회조차 주어지지 않을 수도 있어. 그런 일을 일일이 방어하고 해명하는 데 쓸데없이 시간과 에너지를 낭비하지 않으려고 우리는 조금은 평범하게, 일반적인 기준에 맞춰 살려고 하는지도 몰라. 그런데 말이야, 세상 참 얄궂다 싶지만 나 자신을 객관적으로 증명할 수 있는 능력을 갖추면 어떤 실수나 잘못도 용서되는 힘이 생긴단다. 세상이 그래.

"엄마, 그래도 난 피어싱할 거야. 예의 바르고 성실하게 살면서 사람들의 선입견이 틀렸음을 알게 해 줄 거야. 그리고 인정받을 거고."

그래, 너답다! 세상에 나가서 부딪히다 깨지더라도 소신껏 해봐! 그게 젊은이만의 특권일지도 모르니까. 혼자서 꿋꿋하고 당차게 서울 생활하는 김 사장을 보면 대견하고 미안하고 고맙다. 특히 몇 달 동안 이사 갈 집을 알아본다고 고생한 딸을 보면 더 그렇다.

안 되는 건 없다, 김 사장의 전세 대출 성공기

거의 두 달 동안 포기하지 않고 혼자서 끈질기게 대출을 알아보고 은행 업무에 대응해 목표를 달성한 우리 김 사장. 코딱지만 한 오래된 원룸이 맘에 안 들고 불편한데도 매월 나가는 비싼 월세가 아깝고 엄마 아빠 형편은 빤하니 다른 방법이 없었다. 녀석은 서울에서 아르바이트하며 공부하는 중에도 알뜰하게 이사할 방법을 샅샅이 조사했다. 마침 금리 좋은 전세 자금 대출 제도를 찾아냈고, 여기저기 찾아다니다 호의적으로 살펴봐 주는 은행 직원도 용케 만났다. 인터넷과 부동산을 통해 학교 근처 지하철역에서 가까운 동네를 짬짬이 돌아다니며 오피스텔을 알아봤다. 엄마 아빠에겐 경과를 보고하거나 궁금하고 염려되는 사항만 물어볼 뿐 혼자서 다 해결했다. 그동안 일해서 번 돈에 용돈을 모아 샀던 주식을 팔아 보태고 적금도 해약해 혼자 힘으로 계약금부터 걸었다. 전세 자금 80% 대출, 그것도 금리 1%대의 대출이 최종 승인되었다고 연락이 왔다.

"엄마, 월 이자가 12만 원밖에 안 된대. 엄마 아빠가 조금만 보태 주시면 돼요."

구랑과 난 미안하고 감사한 마음에 울컥했다. 요놈의 자식, 대출 알아보고 서류 준비하며 은행 일 다 하고, 발품 팔아 부동산 찾아다니며 이사까지 혼자서 그 큰일을 다 했구나. 얼마나 마음고생 몸 고생이 많았을지 눈에 휜하다.

"엄마, 힘은 들어도 안 되는 건 없더라. 요즘 세상은 청년에게 지원되는 게 참 많아서 알면 혜택을 받고 모르면 바보 되는 거 같아."
"우리 큰딸 고생 많이 했다. 엄마 아빠가 아무것도 못 도와줘서 미안해. 참 잘 컸어."
"엄마, 서울 애들이 공부는 잘하는지 모르겠지만 찌질하고 성격도 이상하고 버릇없는 애도 많아. 사실 공부도 별로 잘하지도 않더라. 주위를 살펴봐도 내가 제일 잘 큰 것 같아."

아, 이노무시키.

말하는 게 꼭 아빠 닮았다. 서울 가면 지방 아이들은 죄다 촌사람 취급인데, 우리 김 사장은 서울 아니라 세계 어디에 내놓아도 자랑스러운 대구지엥이다. 정말 최고로 씩씩하고 멋진 아이다. 그러니 우리가 어찌 바르게 잘 살지 않을 수 있을까. 엄마 아빠를 보고 이렇게 반듯하고 당차게 자라니 말이다. 엄마는 김 사장을 바라보며 힘을 얻어 산다. 영주님도 언니가 우상이고 그런 언니를 보고 배운다. 힘든 과정을 겪고 이겨 낸 사람만이 느낄 수 있는 성취감과 자신감을 김 사장은 이미 몇 번이나 경험했다. 비바람과 폭풍이 몰아쳐도 걱정 없다. 그녀의 미래는 매우 맑음!

사랑할 수밖에 없는 귀염둥이 영주님

큰딸이 여섯 살이 될 때까지 우리에게 더 이상의 자식은 없었다. 그런데 인간사가 마음대로만 되는 건 아닌가 보다. 그해 유독 친하게 지내며 아이들까지 동반해 자주 만나던 교수님 내외가 우리 부부만 보면 마치 반복되는 광고 방송을 틀어 놓은 듯이 계속 똑같은 말씀을 하시는 거다.

"아니, 이 집은 나라를 위해서라도 무조건 둘째를 낳아야 해. 국가적인 인재가 나올 게 확실한데 하나가 뭐야 하나가. 더 낳아야 해."

한두 번 들을 때는 우스갯소리로 그냥 흘려들었는데 매번 만날 때마다 같은 말씀을 하시니 진짜 그래야 하나 싶은 생각이 들었다. 마치 세뇌라도 당한 듯이 우리 부부는 결국 7년 터울의 둘째를 가지게 되었다. 교수님 부부가 아니었으면 우리 영주님은 이 세상에 없을 것이다. 사랑스러운 이 아이를 그때 안 낳았으면 우짤 뻔했을까! 오매, 상상하기도 싫다.

귀여운 꼬마 철학자

영주님은 아기 때부터 속에 어른이 들어앉아 있나 싶을 정도로 점잖고, 어찌 들으면 철학적인 말을 자주 했다. 생각도 기발해서 시를 쓰거나, 종이를 요리조리 접어 작은 책을 만들거나, 그림을 그릴 때도 여느 아이와 달랐다. 초등학교 1학년 때 앞니를 뺐는데 1년이 지나도 새 앞니가 안 나오자 슬슬 불안해졌는지 이런 편지를 썼다. 퇴근하고 집에 오니 하얀 종이에 글을 쓰고 그림도 그리고 색칠까지 해서 직접 만든 편지 봉투에 넣어놨다. 어디로 보내려고 했을까? 이따금 이 편지를 볼 때마다 앞니 빠져 해해해 웃던 우리 영주님이 생각난다.

앞니에게

앞니야! 안녕? 나는 네 주인 영주라고 해. 네가 너무 안 나와서 내가 편지까지 써. 앞니야, 너는 어떻게 2014년 여름에 뺐는데 2015년까지도 소식이 없어? 너보다 늦게 빠진 송곳니는 벌써 다 나왔는데. 네가 없으면 딱딱한 음식을 잘 자르지 못해. 그래서 너의 옆에 있는 이빨로 베어 먹어. 그건 너무 불편해. 그리고 내가 어른이 될 때까지 안 나오면 치과에 가서 이빨을 넣어야 해. 그건 너무 무서워서 네가 빨리

나면 좋을 것 같아.

앞니가 안 나오니까 너무너무 불편해. 이 세상에 너는 없으면 안 돼. 그러니까 내 입속에 꼭 나와야 해! 너는 소중한 이빨이니까 안 나오면 안 돼!

영주가

하느님도 무심하시지, 결국은 치과에 가서 잇몸을 절개해 막힌 앞니가 나오도록 유도했다. 바들바들 떨던 우리 영주님을 생각하면 지금도 웃음이 나온다.

자유롭게 뭐든지 혼자 힘으로

우리 영주님은 초등학교 2학년 때부터 방과 후 교실에서 주 3회 피아노를 배웠다. 치고 싶으면 치고 말고 싶으면 말고, 체르니 30번까지 치고는 가요나 팝송이나 뉴에이지 연주곡 등 선생님이 주는 악보를 보거나 유튜브 영상을 들으며 코드 잡아 자기 맘대로 연주했다. 엄마는 바쁘다는 핑계로 방과 후 교실 발표회도 제대로 못 가 봤다. 큰딸은 첫 아이라 애지중지했는데, 둘째 딸은 똥개처럼 막 키우는 것 같아 미안하기도 했다. 어느 날 발표회에 가 보니 아이들이 정말 이쁘고 자유로웠다. 동요부터 최신 유행 가요와 영화 음악까지 연주곡도 참 다양했다. 거의 5년간 우리 영주님이 피아노를 좋아하며 연주할 수 있었던 가장 큰 이유는 아마도 방과 후 피아노 교실 선생님 덕분이 아니었을지. 아이들을 바라보는 눈빛, 아이들에게 말하는 목소리 톤, 아이들 등을 어루만지는 손길. 그렇게 따뜻하고 자상하고 자유로운 분위기의 선생님 덕분에 우리 영주님의 감성이 풍부해진 것 같다. 그날 연주했던 '히로시의 회상'은 그 가을날 최고로 멋진 연주로 기억된다. 피아노를 잘 치다 보니 다른 악기도 비교적 쉽게 배우는 것 같다. 초등학교 6학년 담임 선생님의 응원으로 몇 달 동안 기타를 독학해 학교 예술제에서 공연한 우리 영주님. 뭐든 마음먹으면 묵묵히 그리고 꾸준히 노력하는 녀석의 모습에 영주님에 대한 엄마의 신뢰도는 100%다.

어느 날 퇴근해 집에 오니 못 보던 해리포터 전집이 있었다. 웬 책인지 궁금했다. 상황인즉, 우리 영주님이 도서관에서 5권까지 빌려 읽던 중 해리포터에 푹 빠져서 급기야 책을 읽으며 엉엉 울기까지 했단다. 그러다가 해리포터 전집을 소장하고픈 욕망이 목구멍까지 차올라 언니랑 둘이 상의했고, 언니의 정보력으로 인터넷에서 중고 서적을 뒤지다가 10만 원짜리 전집 발견!

"진작 말하지 그랬어. 아빠가 사 줄 텐데."
"내 책인데 내가 사면 되지 뭐!"

영주님은 기타를 사려고 오랫동안 용돈을 모았다. 우선은 언니 기타를 치다가 대학 가면 좋은 걸 살 거라고 아껴 둔 그 돈으로 책을 샀다고 한다. 해리포터로 행복해하는 우리 영주님에게 책 안 읽는 딸바보 아빠가 용돈 10만 원을 다시 메꿔 줬다. 흐뭇하게 아빠 미소를 지으면서 말이다. 그렇게 중학교까지 적당히 공부하며 딩가딩가 베짱이처럼 기타를 치던 녀석이 고등학교에 들어가더니 몰라보게 달라졌다.

"엄마! 내가 국제고에 온 게 이제 정말 실감 나. 내가 글쎄 하위권이지 뭐야."

"영주 뒤에 아무도 없나?"

"있지."

"그럼 됐네."

모의고사 성적표를 받아 들고 생글생글 웃으며 말했다. 제 딴엔 심각했을 텐데. 처음부터 우린 약속했다. 등수에 상관하지 않기로. 고등학교 3년 동안 훌륭한 교육 과정과 교육 방법을 경험하는 것만으로 충분하다고 생각했다.

"원어민 수업은 이제 적응되나?"

"응."

"수학은 여전히 공포스럽고?"

"그냥 할 만해. 오늘 수행평가는 100점 맞았엉."

"아이고, 잘했네. 수학 그게 또 하다 보면 은근히 명쾌해서 좋아. 어렵긴 하지만 풀어 가는 과정이 재밌잖아."

"엄마 내가 파이선(python) 우리 학교에서 제일 잘해. 나도 몰랐는데 완전 쉽고 재밌어."

"오! 컴퓨터 언어에도 소질이 있나 봐."

"이번 중간고사에서 중국어 꼭 90점 이상 받을 거야. 엄마, 우리 학교 애들 중국어 너무 잘해."

"다른 애들 보지 말고 우리 영주는 그냥 지금처럼 자기 공부만 열심히 하면 돼. 잘할 거야!"

그날 이후 둘째는 이동하면서도 차 안에서 계속 중국어 공부를 했다.

"엄마, 우리 담임 선생님이 날 너무 좋아하셔. 왜 그러시지?"

"어허, 선생님이 그러면 쓰나. 아이들을 공평하게 대해야지."

"에헤이, 엄마. 선생님도 사람인데 그럴 수 있지."

"하기야, 우리 영주가 참하긴 하지."

웃으며 넘어갔지만 걱정되는 마음에 담임 선생님에게 카톡을 보냈다.

'저는 더 바랄 게 없고, 영주도 힘들지만 밝고 긍정적이고 자기가 어떻게 대처해야 하는지 생각하는 것 같아요. 그래도 혹시 학업에 부족한 부분이 있다면, 제가 어떻게 보충해 주면 좋을까요?'

'저도 영주가 부족하다고 느끼는 부분이 없습니다. 잘 지켜 보고 도와주겠습니다. ^^'

다행히 선생님의 생각은 나와 같았다. 그래 이만하면 됐다. 국제고 입학 시 온갖 과외와 학원 교습으로 선행 학습을 마친 빵빵한 친구들을 보며 지레 겁먹고는 내게 꼴등 해도 괜찮냐고 물어보던 녀석이 이제 슬슬 공부에 자신감이 붙나 보다.

"엄마, 내가 열심히 공부해서 1등 한번 해 보고 싶어."

"1등을 해 보면 그 뒤엔 모든 일에 자신감이 붙을 거야. 힘들지만 보람도 있고. 어느 대학 무슨 과를 목표로 하는 게 아니라, 그냥 1등 한번 해 봐야지 하는 그 생각이 멋지다."

날로 자존감이 커지는 녀석이 참 기특하다.

"영주야, 엄마가 너무 힘들어서 석사까지만 하고 공부는 이제 그만하려고 했는데 생각을 바꿨어. 엄마 잘할 수 있을까?"

"난 엄마가 당연히 박사까지 할 줄 알았는데."

헐, 요 녀석. 가장 힘든 시기인데도 늘 밝은 표정을 짓고, 주말이면 엄마의 말벗이 되어 주며, 혼자서 다 해내려고 하는 모습을 보면 대견하다. 아이가 너무나 잘 커 주는 덕분에 내가 만약 교육철학자가 된다면 일치하는 지식과 경험으로 어디서든 당당하게 말할 수 있을 것 같아 감사하다. 그러고 보면 각자 온전한 인격체로 잘 사는 게 서로를 진정으로 위하고 도와주는 길인 것 같다. '엄마 아빠도 우리 딸이 사회생활 하는 데 부끄럽지 않은 부모가 되도록 노력할게. 엄마는 언제 어디서나 우리 영주 님을 믿고 지지하고 응원한단다! 사랑해.'

아이는 어른의 거울

딸 둘이 어릴 때 우리 집에는 장난감이나 인형이 거의 없었다. 좋아하는 건 잠시뿐, 몇 번 가지고 놀면 싫증을 냈다. 비싼 장난감도 별 소용이 없어 몇 번 사 주고는 더는 사 주지 않았다. 그러다 보니 아이들은 스스로 또는 같이 무언가를 만들고 쓰고 그리며 놀았다. 놀이를 하기 위해 말판과 말을 종일 꼼지락대며 직접 만들어서는 퇴근한 엄마에게 달려와 보여 주며 뿌듯해했다.

아이들과 함께 마트에 장 보러 갈 때는 먹고 싶은 과자 하나 정도만 고르게 하고, 나는 미리 적어간 품목과 대폭 할인 또는 1+1로 판매하는 상품 위주로 장을 본 다음 충동구매나 과소비의 유혹을 피해 얼른 집으로 돌아왔다. 물건을 살 때는 언제나 상품의 단위 가격을 확인하고 가격을 비교해 같은 품질의 상품이면 알뜰하게 구매하는 방법을 택했다. 어느 날 아이들 고모가 큰딸을 칭찬하는 얘기를 듣고는 아이들이 평소 나의 행동을 보고 무의식중에 배우고 있다는 사실에 깜짝 놀랐다. 고모 집에 놀러 간 아이가 마침 고모와 함께 마트에 갔는데 큰딸이 단위 가격을 비교하며 말하더란다.

"고모, 가격 비교하니 이게 더 싼데요?"
"아, 그렇구나. 고마워. 윤이 뭐 먹고 싶은 거 있으면 사."
"저는 괜찮아요."

　그걸 보고 형님은 당신의 아이들이 생각났다고 했다. 물건을 살 때 가격을 자세히 확인하지 않고 대충 사고, 자신이 원하는 것은 다 산다는 아이들. 당신이 아이를 잘못 키웠나 싶어 반성했단다. 형님이 어쩌면 그렇게 아이들을 경제관념 있게 잘 키웠냐고 물었다. 그냥 내가 평소 살아가는 모습을 배운 것 같다고 했다. 사실 이런 내게도 아이를 키우며 늘 마음 한구석에 묻어둔 미안함이 있다. 우유나 요구르트 하나를 살 때도 유명 브랜드의 상품을 사지 않고 항상 마트 브랜드 같은 저렴한 상품을 샀다. 작은 것 하나에도 손이 오그라들었다. 형편이 어렵고 힘들다면서도 아이는 귀하게 키우려고 좋은 제품만 골라 먹이고 온갖 사교육을 시키며 풍족하고 편하게 살려고 하는 주변 사람들을 보면서 내가 잘못된 건 아닌지, 나만 아이들에게 너무 가혹한 건 아닌지 자책하기도 하고 괜히 서러워하기도 했다. 하지만 당시 우리 형편에 그렇게 살지 않으면 아이들이 성장한 뒤 정작 큰돈이 필요한 시기에 아무것도 해 줄 수 없는 상황이 될까 봐 작은 것부터 절약하며 검소하게 살았다. 아이들이 엄마의 이런 모습에 서운해하거나 남들 앞에서 주눅 들지 않고 당당하고 자신감 있게 크면 된다고 늘 스스로 주문을 걸었다. 사람은 세상 모든 걸 다 가질 수는 없고 하고 싶은 것을 다 할 수도 없다고 생각했다. 욕구와 욕심을 자제하며 목표를 세우고 달성하기 위해 성실하게 살아야 한다고 생각했다. 매번 일부러 결심하고 노력하는 것보다 오랜 시간을 두고 습관을 형성하는 것이 중요하다고 생각했다. 그래야 덜 힘들다. 다행히 아이들도 나의 바람대로 참 잘 자라 주었다.

봉사하며 어른을 경험하는 아이

주변에 노인요양원을 경영하는 분이 여럿 계신다. 오랜 시간 어르신을 대하는 그분들의 진심을 보며 우리 부모님과 나의 가까운 미래를 생각하는 계기가 되었다. 아이들이 필수로 이수해야 하는 봉사 활동 시간이 있다기에 새로운 경험도 좋을 것 같아 그쪽으로 주선해 주었다. 아이들에게 노인요양원 봉사는 그만한 가치가 있는 듯했다. 머리로만 이해하는 것과 실제로 경험하며 몸으로 느끼는 것이 아주 달랐던 것 같다.

#김_사장

엄마, 치매가 그런 건지 몰랐어. 봉사하길 잘한 거 같아. 오늘은 창틀 청소한다고 좀 힘들었는데 끝나고 95세 치매 할머니를 돌봐 드렸거든. 나보고 "성은 뭐고?" "김 가에요." "무슨 김가고?" "김녕 김 가에요." 하고 물으셨는데, 좀 있다가 또 "성은 뭐고? 무슨 김가고?" 계속 물으셔서 정말 힘들었어.

할머니는 모든 게 다 귀찮은가 봐. "할머니, 종일 안 심심하세요?" "안 심심해. 심심하면 테레비 보면 되지." "텔레비전 보면 눈 나빠져요." "그러면 누워 자면 되지." "밖에 나가고 싶지는 않으세요?" "뭐 하러 나가, 나가면 힘들어." 모든 게 심드렁하고 귀찮은 것 같아. "할머니는 연세가 얼마세요?" "나? 92살." 95세인데 할머니 나이는 92세에 머물러 있어. 아마 치매 이후로 기억이 멈췄나 봐. 말벗해 드리니 할머니가 "아리가또."라고 하셔서 "할머니 일본어 잘하시네요." 하니 "뭘." 하셨어. 할머니는 그 연세로는 많이 배운 엘리트고 상당히 곱고 건강해 보였어.

#영주님

지난번엔 치매 할머니가 "아이고, 귀엽네." 하며 통통한 내 양 볼을 계속 잡아당기고 만지작거려서 무섭고 싫어서 잉잉 울었는데, 이번엔 할아버지 할머니 안마도 해 드리고 노래도 불러드려서 아주 즐거웠어. 두 달 전에 같이 밑그림에 색칠하던 할머니가 안 계셔서 걱정이야. 다시 오겠다고 약속했는데 지난번에 다른 층 할머니한테 가는 바람에 못

*만났거든. 이번에는 꼭 그 색칠 할머니 만나려고 했는데. 다음 주에 가
면 만날 수 있으려나 몰라.*

    할머니 할아버지 손에 자란 아이들이지만 늘 건강하고 젊은
할머니 할아버지였기에 노인요양원에서 만난 어른들은 아이들
눈에 힘없고, 서글프고, 이해 안 되고, 냄새도 나고, 때론 무섭
기도 한 존재였다. 하지만 그런 어른들을 만나며 아이들은 노
년의 그런 모습이 인간이라면 누구나 맞이하게 될 모습이라는
것을 알게 되었고, 어른스럽게 어른을 이해하는 아이들로 변하
는 것 같았다. 딸들을 보며 우리 어른들이 아이들에게 정말 모
범이 되어야겠다고 생각했다. 몸도 정신도 건강하게 잘 늙어 가
야 할 텐데 말이다.

    큰딸이 아마 초등학교 5~6학년 때인 걸로 기억한다. 협회에
서 주말 이른 아침에 등산로 입구에서 2시간쯤 장기 기증 캠페
인을 하는데 봉사할 친구가 필요하다고 했다. 큰딸에게 말하니
참여하겠다고 흔쾌히 대답해 대신 자원봉사 신청을 해 줬다.

    쑥스러운지 처음엔 꿔다 놓은 보릿자루처럼 친구랑 나란히 서
서 피켓만 들고 아무 말도 못 했는데, 차차 익숙해지는지 등산
객들에게 방글방글 웃으며 장기 기증 서약서에 서명을 받았다.

그런데 봉사 활동을 마치고 봉사 시간을 등록하려는 순간, 나는 경악을 금치 못했다. 몇몇 아주머니가 캠페인을 하고선 —내 기억에 그분들은 시간도 안 지키고 늦게 와서 대충 하는 둥 마는 둥 했다— 봉사 시간을 자기 딸 이름으로 등록해 주면 안 되냐고, 게다가 시간까지 뻥튀기해서 부탁하는 게 아닌가? 말하는 모양새가 한두 번 저러는 게 아닌 듯했다. 순간 아이를 데려와서 직접 봉사하게 한 내가 나쁜 엄마인가 싶었다. 아이가 주말에 학원 가서 공부하느라 바빠 엄마가 대신 봉사한 건데 봉사 시간 좀 등록해 주면 안 되냐고 자꾸 부탁했다. 아무리 생각해도 그건 아니었다. 옆에 있는 큰딸 보기가 너무 부끄러웠다. 엄마들이 하는 말과 행동을 옆에서 다 지켜봤으니 말이다. 그런데 더 충격적인, 아니 더 서글픈 말을 들었다.

"엄마, 내 친구 엄마들도 저래."

아이가 잘못 크는 건 아이를 나무랄 일이 아닌 것 같다. 모두 부모와 어른 탓이 아닐까. 지성인들이 '아이를 위해 부모가 그 정도는 할 수도 있지, 아니 그보다 더한 짓도 할 수 있지' 하는 걸 보며 아이 교육에 앞서 어른 교육의 중요성과 필요성을 느낀다. 그래서 내가 더 열심히 공부하는지도 모르겠다. 양심과 도덕과 윤리에 어긋나는 행동을 나도 모르게 한 적이 있는지는 모르겠다. 그랬다면 정말 잘못한 거지만, 내가 의식하는 범위 내에서는 그런 짓을 하지 않는다. 하지 않으려고 노력한다.

논어의 위기지학(爲己之學)이 생각났다. 위기지학의 목적은 나를 위하는 학문, 즉 먼저 자신을 닦고 살피고 다듬는 공부를 통해 나를 보고 자라는 아이들이 바르게 성장해 함께 살기 좋은 공동체를 만들기 위함이다. 공부는 꼭 책을 보고 정규 교육을 받는 것만을 뜻하는 것은 아닐 것이다. 율곡 이이는 공부는 사이후이(死而後已), 죽는 날에야 끝난다고 했다. 우리 어른들이 평생 공부하는 모습을 보여 주며 적어도 아이들에게 부끄럽지 않은 부모, 어른이 되어야겠다.

서로가 서로에게 기대어

숨 쉬는 공기, 벌컥벌컥 마시는 물, 따뜻한 햇볕, 푸르른 산. 늘 가까이에 있어 감사한 줄도 모르고 당연한 듯이, 아니 당연하다는 생각조차 없이 우리는 살아간다. 재난이나 결핍을 경험해야만 비소로 이제껏 인식하지 못했던 것에 고마움을 느낀다. 가족도 마찬가지인 것 같다.

5년 전 고등학교 3학년 2학기, 수능을 앞두고 몸도 마음도 아파 힘든 시간을 보내며 수시로 응급실에 실려 가던 큰딸을 생각하면 마음이 아리다. 아픈데도 잘 견디고 이겨 내 지금의 당찬 김 사장이 되었다. 돌아보면 모든 건 하늘에 계신 그분이 정해 놓은 일 같다. 마침 그해에 나도 선거에서 떨어진 덕에 여유가 생겼다. 예년처럼 바빴다면 딸에게 엄마 손길이 가장 필요한 때를 놓치고 정작 내 인생에서 가장 소중한 보물이 무엇인지 모르고 지나쳤으리라. 수능이 코앞으로 다가오면서 큰딸에게 힘이 되어 주고자 영주님에 이어 구랑까지 합세했다. 주말에 특별한 일이 없으면 온 가족이 함께 집 근처 도서관에 갔다. 구랑은 꾸벅꾸벅 졸다가 대놓고 엎드려 자기도 했다. 영주님은 도서관 뒤뜰에 나가 고양이 삼순이랑 놀다가 도시락도 까먹으며 함께 공부했다. 구랑도 영주님도 독서와 공부 습관이 생길 것 같아 아주 고무적이었다. 영주님은 안 하던 공부를 해서 그런지 금방 배가 고프다고 했다.

"원래 머리 쓰는 일이 에너지 소모가 많지."

영주님은 도서관에서 학원 숙제를 하며 단어를 미리 외우니 주중 단어 시험에 낙방해 나머지 공부를 하는 사태도 없을 것 같았다. 구랑도 주말에 혼자 회사에 나가 일하던 걸 노트북을 챙겨 아이들과 함께 도서관에 가서 일하니 보기 좋았다. 늘 엄마랑 딸 둘만 한 세트로 움직였는데 온전한 김 씨 세 명이 한 세트로 움직이니 감동적이었다. 각자 열심히 공부하고 일하다가 도서관 문 닫는 음악 소리와 함께 온 가족이 나왔다. 영주님은 힘든지 다크서클이 턱 밑까지 내려왔지만, 은근히 재밌어하는 것 같았다. 구랑은 애들하고 시간 보내니 참 좋다며 웃었다. 이런 날이 오다니, 남편에게 고마웠다.

마침 도서관 뒤 예쁜 정원의 절벽을 배경으로 가을 단풍이 절정이었다. 너무 예뻐서 단풍놀이 온 것 같았다.

"김 씨 셋 모여 봐! 찰칵."

사진을 찍었다. 각자 피곤한 일주일을 보내고 주말에도 집에 널브러져 쉬지 못하고 온 가족이 도서관에 가니, 저녁은 주로 딸들이 먹고 싶은 음식으로 밖에서 해결했다. 계산하는 남편에게 웃으며 말했다.

"당신 밖에서 사람들이랑 술 마시며 쓰는 돈에 비하면 껌값이지?"
"그렇네."

큰딸 덕분에 잊고 살았던, 아니 미처 깨닫지 못하고 당연하게만 생각했던 가족의 소중함을 느끼게 되어 감사했다. 우리 가족은 힘든 시기를 함께 넘긴 덕분에 서로를 이해하며 더욱 공고해진 것 같다. 건강하기만 하면 그 어떤 어려움도 이겨 낼 수 있고, 우리 가족이 서로에게 든든한 지원군이 되어 함께할 수 있다는 것만으로도 얼마나 감사한지 깨닫게 되었다.

너무 일찍 세상을 알아 버린 아이들

아빠의 기상 알람은 새벽 5시. 일주일의 절반은 출장. 주말도 없고 휴가도 없다. 여러 업체가 함께 하는 일의 업무 회의로, 작업 문의 전화가 오면 직접 만나 논의하러, 정부 과제 공고가 뜨면 1년 또는 2년 먹거리를 만들기 위해 협의하고 사업 제안서 만들고 발표 준비를 하러 출장을 간다. 영업, 마케팅, 시외 출장, 내부 직원 관리, 업무 조율, 프로젝트 관리, 거래처 대응, 각종 서류 준비 등 온갖 일로 일인다역을 해야만 하는 중소기업 대표. 이런 아빠와 엄마를 보며 영주님이 그랬다.

"엄마, 내 친구들은 우리 집이 엄청 부자인 줄 알아. 아빠 엄마가 회사를 하니 부럽다고 해. 사장님은 직원들한테 일 다 시키고, 출퇴근도 자기 맘대로 하고, 놀기만 하면서 돈은 엄청 많이 버는 줄 알아. 우리 아빠랑 엄마를 보면 그게 아닌데. 맨날 아침 일찍 나가고 일도 제일 많이 하고 쉬지도 못하는데."

드라마, 영화, 언론 모두 세상을 왜곡하는 건 아닌지 모르겠다. 없어 보이는 것보다는 있어 보이는 게 낫다마는, 눈에 보이지 않는 능력이 대단하다마는 그래도 이건 아닌데. 아이들이 저런 말을 할 정도니 어른들의 편견과 선입견은 오죽할까. 우리 집 아이들은 세상을 너무 일찍 알아 버렸다. 엄마 아빠를 보며 얼마나 열심히 기업을 하는지, 얼마나 매 순간 최선을 다하는지, 바쁘고 힘들어도 짧은 시간을 내어 가족이 함께하는 소중한 추억을 만들기 위해 얼마나 노력하는지 말이다. 큰딸이 그랬다.

"난 어릴 때 아빠에 대한 기억이 거의 없어. 아빠가 늘 늦게 오셨으니까. 중학교 땐가, 내가 소장 수술을 하고 많이 아팠을 때 엄마는 영주를 봐야 하니까 아빠가 병원에서 밤에 보초 섰는데, 그 뒤로 아빠가 집에도 좀 신경 쓰는 것 같아."

고등학생 때 엄마 일을 가만히 지켜보고 아빠 일을 어깨너머로 살펴보면서 진로도 생각하게 되고, 집안일에도 사회 문제에도 관심을 가지며 우리 부부에게 큰 힘이 되어 준 큰딸. 힘든 현실을 절대 물려주지 않으리라 다짐하며 더 분발하는 부모에게 '제가 힘 보태 드릴게요'라며 응원하는 자식. 그래서 우리 부부는 더 힘을 내서 사는지도 모르겠다. 세상의 모든 부모가 그렇겠지만.

우리 가족 첫 여행기

"보살님, 밥 잘 먹고 잠 잘 자고 똥 잘 싸면 만고 땡이여. 그냥 흘러가는 대로 살아요. 욕심내도 맘대로 안 돼요. 자유가 최고여. 걍 살아요. 애쓰면 부작용이 커져요."

여행 중에 들렀던 절에서 어느 스님이 하신 말씀이다. 큰딸이 수능을 치른 주말에 우리 영주님은 태어나 처음으로 펜션이란 곳에 갔다. 큰딸은 동생이 태어나기 전에 딱 한 번 가 봤다. 그동안 엄마 아빠가 바쁘다는 핑계로 당일로 온 가족이 바람 쐬러 근교에 가서 맛난 거 사 먹은 게 전부다. 가까운 경주로 우리 가족 최초의 1박 2일 여행을 다녀온 후 아이들과 함께 이야기했다. 딸 둘은 너무너무 좋았다고, 이렇게 온 가족이 자주 함께하면 좋겠다고 말하며 울었다. 다른 집 아이들은 사춘기가 되면 부모 안 따라다니려고 한다는데 말이다. 아울러 이제껏 하고 싶었던 말도 모두 꺼내 놓는데, 엄마가 참으로 잘못한 게 많은 것 같아 미안했다. 한편으론 아빠와 엄마를 걱정하는 딸들의 마음을 보며 이제 다 컸구나 싶었다. 어린 시절 다른 집 부모만큼 아이들에게 양적으로 지원해 주지 못한 것을 반성하며, 이제라도 잘 챙겨야겠다 싶었다. 2018년은 그렇게 여러 가지로 많이 배우는 해였다.

코로나19 시절의 에피소드

2020년 대학에 입학하자마자 코로나19 거리 두기로 인해 신입생의 캠퍼스 낭만은커녕 밖에 나가지도 못하고 집에 갇혀 온라인 수업과 방대한 양의 과제로 꼬박 1년을 고생한 큰딸은 2학년 때 휴학을 결심하고 1년 동안 뜨개 공방 사업을 했다. 철저한 준비로 브랜드 디자인, 제품 제작, 마케팅, 홍보, 배송까지 혼자 완벽하게 소화하는 김 사장을 보며 깜짝 놀랐다. 우울한 일상을 나름 전략적으로 잘 살기 위해 노력했다. 어찌 그런 생각을 했을까? 엄마 아빠 결혼기념일엔 특별 이벤트로 가족사진 촬영을 예약해 생각지도 못한 큰 기쁨을 선물해 주었다.

"그런데 아빠가 사진 찍으러 가겠나?"

걱정했는데 기우였다. 딸들이 가자고 하니 군소리 없이 따라나섰다. 남편과 나는 젊은 시절 직장도 벌어놓은 돈도 없이 공부만 하다가 결혼한 탓에 혼수도 예물도 모두 생략했다. 웨딩 촬영도 하지 않고 그야말로 모든 형식 다 없애고 결혼식만 딸랑 올리고는 오래된 주택에서 셋방살이로 결혼 생활을 시작했다. 그렇게 빠듯하게 알뜰하게 살아왔는데, 어느새 세월이 흘러 아이들이 엄마의 아쉬운 추억을 메꿔 주었다. 큰딸 덕분에 실컷 웃으며 다양한 콘셉트로 즐겁게 촬영했다. 집에 와서 두 시간 가까이 수십 장의 사진을 보며 고르고 또 골랐다. 사진을 고르면서 온 식구가 한참 더 즐거워했다. "우리 가족, 이거 완전 다 모델이고만! 보정할 것도 없네!" 자화자찬 가득했던 밤. 20여 년 전 오늘이 아니었으면 지금의 우리 가족은 없겠지? 감사하며 사랑하며 살자, 구랑!

구랑도 변하게 하는 딸들

말끝마다 '남자가 어떻게 그런 걸 하냐', '나는 내가 알아서 한다', '잔소리하지 마라', '고마 됐다'라며 상대방의 말을 경청하지 않는 고집불통인 남자가 딸들이 커 가면서 많이 바뀌고 있다. 더 나은 방향으로 간다고 생각한다. 내가 대학원에서 한창 공부하던 밤, 제주 공항에 있는 아빠 김 회장과 서울 왕십리에 있는 큰딸 김 사장은 가족 단톡방에서 이러고 있었다.

'이거 어때?'
'색깔은?'
'됐냐?'
'아빠 그거 괜찮네. 엄마한테 어울리겠다. 콜!'

여러 각도에서 사진을 찍어 보내며 딸바보 아빠와 우리 집 살림꾼 큰딸이 엄청 꼼꼼하게 가방을 살펴보고 샀다. 학교 다니며 책 넣어 다닐 마땅한 책가방이 없어서 하나 사야겠다고 혼잣말한 것을 귀담아들었는지 제주도에 출장 간 남편이 공항 면세점에서 마누라 가방이 생각났나 보다. 남편이 결혼기념일이나 생일에 뭐 사 주면 좋을지 물으면 나는 책 말고는 딱히 필요한 게 없다고 한다. 책이나 사게 용돈 좀 달라고 하면 돈 없다며 면박을 주더니, 이렇게 가방을 사 주시네.

아이들이 예쁘게 커 갈수록 내가 늙어 가는 건 당연하다. 주름살도 흰머리도 약해진 체력도 거부하지 않고 받아들인다. 몸은 늙어 가지만 정신은 더 젊고 밝아진다. 다름을 받아들이고 욕심을 내려놓으니 조금씩 서로를 더 이해하고 배려하며 맞춰 가는 것 같다. 이젠 아이들이 엄마 아빠보다 더 바빠서 같은 공간에 네 가족이 모여 함께하는 시간을 만드는 것이 쉽지 않다. 그러니 소중한 사람들과의 시간을 어찌 함부로 보낼 수 있을까. 미워하고 서운해할 시간이 없다. 가족은 내가 살아가는 근원적인 이유이자 기쁨이고, 서로를 성장케 하는 긍정 에너지의 원천이다. 가족, 그 이름만으로 그 존재 자체로 든든하고 감사하다.

눈 오는 밤, 손녀들을 뒤에 거느리고
딸내미 줄 반찬을 들고 앞장서 걸어가는 우리 아버지

2_ 세상을 공부하는 엄마

남과 다른 내가 보이기 시작했다.
많은 사람을 만나며
내가 누구인지, 내가 무엇을 잘 하는지,
지금 나는 잘 살고 있는지,
앞으로 무엇이 되어야 할지
어렴풋이 알게 되었다.
그리고 더 알고 싶어졌다.

밖으로 나가며
안으로 나를 찾게 되었다.

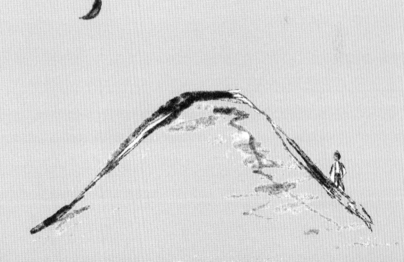

도시재생사업 현장 탐방, 일본 요코하마의 아카렌가소고 앞에서

한울 엄마, 한울네오텍 대표

2012년 5월 22일, 이날을 기점으로 주식회사 한울네오텍 윤은경 대표이사의 파란만장한 인생이 시작되었다. 우여곡절을 겪으면서도 20여 년째 헤어지지 않고 아옹다옹 애증 가득한 상태로 함께 사는 분, 나와는 뇌 구조가 완전히 다른 생명체인 구랑이 2008년 4월 7일 한울네오텍을 창업했다. 한울은 '큰 울타리'라는 뜻의 큰딸 태명이었고, 네오텍은 '신기술'을 의미하니 남편은 나름 원대한 뜻을 품고 이 회사를 만든 것이다. 그런데 이 고약한 남자는 내가 회사 일을 돕겠다고 그렇게 사정할 때는 혼자 해야 한다고 바득바득 우기더니, 어느 날 회사는 뒷전으로 내팽개치고 다른 직업을 가져 버렸지 뭔가. 그러고는 보는 눈은 있어 제일 믿을 만한 사람이 마누라뿐이었는지 내게 회사를 덜컥 떠맡겼다. IT 문외한이자 사회생활도 직장 경험도 없던 나는 걱정이 태산 같았지만, 별다른 대안이 없으니 회사를 경영할 수밖에 없었다.

대표이사가 되고 거의 1년 동안 외롭고 힘든 나날을 보냈다. 급할 때는 남편이 잠시 회사에 다녀가곤 했지만, 내 곁엔 아무도 없었다. 맘 편히 이야기할 사람도, 같이 밥 먹을 사람도 없었다. 몸과 마음이 지친 상태로 퇴근해 저녁에 잠들 때면 다음 날 아침에 눈 뜨지 않기를 바랐다. 아침에 회사에 가는 게 너무 무섭고 두려웠다. 남편이 회사를 떠날 즈음 회사는 재무 상태가 좋지 않아 급여도 세금도 밀려 있었고, 직원들의 기강도 많이 흐트러져 있었다. 지금 생각해 보면 그런 상황에서 사모님이던 사람이 갑자기 대표이사로 출근했으니 직원들이 불안했을 법도 하다. 몇 달에 걸쳐 직원들은 다른 일을 해야겠다는 둥, 좀 쉬고 싶다는 둥 이런저런 이유를 대며 하나둘 회사를 떠났다. 결국 한 명을 제외하고 모두 새로운 인력으로 교체되었다. 다시 시작하는 마음으로 차근차근 열심히 일을 배우며 직원들과 함께 회사를 경영해 나갔다.

한밤의 보이스 피싱 전화

11시가 다 되어가는 밤에 모르는 번호로 전화가 왔다.

"한울네오텍 윤은경 대표님이신가요?"
"네, 그런데요."

"저희가 다음 주 벤처창업박람회를 하는데, VIP 시연 기업을 급히 찾는 중 한울네오텍을 발견했습니다. 혹시 참여 가능하신가요? 먼저 대표님에 관한 신원 조회부터 해야 하는데 주민등록번호를 알 수 있을까요?"

"(아, 요놈, 이거 보이스 피싱이네!) 죄송한데, 이 밤중에 뜬금없이 전화해 주민등록번호를 알려 달라니요? 죄송하지만, 내일 정확한 자료부터 먼저 보내 주시고, 다시 전화 부탁드립니다."

그런데 다음 날 보니 어젯밤의 그 전화는 진짜였다. 오 마이 갓! 그렇게 갑작스럽게 준비해 참여한 2013년 대한민국 벤처창업박람회. 그날 박람회에 참여한 기업이 200개가 넘었는데 시연 기업 4개 중 여성 대표는 나뿐이라 언론에 많이 노출되었다. 박람회에 참관한 대통령은 우리 회사 전시장에 찾아와 제품을 보며 직접 시연하고 판로의 어려움에 대해 듣고는 관련 공무원에게 잘 살펴보라고 당부했다. 내 옆에서 우리가 개발한 3D 증강현실 책(AR Book)을 처음 보고 신기해하며 했던 말씀이 아직도 생생하다.

"이거 있으면 공부가 재미없어서 못 하겠다는 소리는 할 수 없겠네."

그날 수많은 벤처기업 중 우리 회사를 선택해 준 VIP의 높은 안목과 따뜻한 말씀은 내 인생의 잊을 수 없는 추억이 되었다.

가슴 뭉클한 대표이사

작은 회사지만 직원들과 함께 살아가기 위해 닥치는 대로 일하다 보면 정부의 각종 정책이 실물경제의 흐름과 시장 상황을 얼마나 제대로 파악하지 못하는지 안타깝고 화가 나는 일이 많다. 근래 자주 지정한 임시 공휴일도 마찬가지다. 납기가 정해진 일을 하다 보면 모두가 쉬는 이날도 어쩔 수 없이 직원들과 함께 출근해야 하니 대표로서 미안하고 속상하다. 하지만 힘든 상황에서도 회사 식구들을 보면 힘이 불끈 솟아오르곤 한다. 코로나19 이후 몇 년 동안 연봉 협상 시기가 다가오면 가슴이 답답하고 무거워졌다. 경기가 좋지 않아 매출은 줄고 회사 경영은 힘들지만 나날이 오르는 물가에 월급 하나로 살아가는 직원들을 생각하면 조금이라도 올려 주지 않을 수 없으니 말이다. 직원들 모두 하나같이 소중하지만, 특히 오래 근무하거나 결혼해 가정이 있는 관리자들은 더 신경이 쓰일 수밖에 없다. 회사 사정을 빤히 아는 그들도 힘든 시기에 감원하지 않고 함께 버티는 대표에게 뭐라 말하기 참 난감한 표정이다. 이제는 서로 눈빛만 봐도 아는 세월이 되었다. 특히 두 사람은 생각만 해도 맘이 울컥해진다.

"많이 올려 주고 싶은데, 사정이 이렇다. 조금밖에 못 올려 주는데 괜찮겠나?"

"대표님, 제 급여는 동결하셔도 됩니다. 그 돈으로 우리 팀원들이 함께 나눠 가지면 좋겠습니다."

"대표님, 힘드시죠. 저는 괜찮습니다. 힘내세요."

본인 연봉만 인상하지 말고 그 돈으로 팀원들 연봉을 조금이라도 더 올려 주길 요청하는 과장, 조금밖에 못 올려 주는데도 감사하다며 내 손을 꼭 잡고서 힘내라고 말해 주는 대리. 기업을 경영하다 보면 업무와 자금, 인간관계로 힘들고 지쳐 언제까지 이걸 해야 하는지, 그만둬야 하는지 좌절하고 실망하는 순간이 참 많다. 그래도 버티고 이겨 내는 힘은 바로 서로에 대한 따뜻한 믿음이 아닌가 싶다. 우리 한울 식구들을 보면 그저 감사하고 미안한 마음뿐이다.

나는 대한민국 여성 경제인

회사 대표를 하다 보면 다양한 경제인 단체에 가입해 비즈니스 관련 정보를 주고받으며 좋은 인간관계를 형성하는 것 또한 중요하다. 사업도 결국은 인간의 일이기 때문이다. 대표가 회사 안에서만 일하고 외부 활동을 하지 않으면 주변에 사람도 없고 당연히 일도 없다. 나는 한국여성경제인협회 대구지회와 IT 여성기업인협회 영남지회 두 가지 활동을 하고 있다. 한국여성경제인협회에서는 자동차 부품, 철강, 기계, 섬유, 건설, 교육, 서비스 등 다양한 분야에서 수십 년간 단련된 많은 고수 대표님을 만날 수 있어 좋다. 한 해에 한 번 전국 지회가 돌아가며 개최하는 여성 CEO 연수에서는 1박 2일 동안 좋은 강연을 듣고 지역 탐방을 하며 대표님들과 인적 네트워크를 형성하고 진한 우정을 맺을 수 있어 매년 꼭 참석한다. 12년 전 협회에 가입해 처음 연수를 갔을 때다. 버스 안에서 돌아가며 자기소개를 하는데 자그마한 체구의 철강회사 대표님이 당차게 말하는 거다. 40대 늦은 나이에 반대하는 남편의 눈치를 보며 홀로 창업해 회사를 경영하다가 IMF 때 부도가 났다고 한다. 남편에게 하소연도 못 하고 눈물을 훔치고는 주먹 불끈 쥐고 회사를 다시 일으켜 세웠다는 얘기에 나도 모르게 눈물이 났다. 당시 대표이사로 취임하고 가장 외롭고 힘든 시기를 보내고 있던 터라 내 마음을 알고 있는 듯 위로하고 격려해 주는 것만 같았다. 사업을 크게 키우고 복지 재단까지 운영하며 멋지고 편안하게만 보이는 저분도 다 힘든 시기를 겪었구나 싶어 용기가 생겼다.

10여 년 전에 여성기업 실사를 하기 위해 우리 회사를 처음 방문했고 이후 여성 경제인으로서 함께 활동하는, 내가 정말 좋아하는 대표님이 있다. 하루는 60대 중반인 그분이 돈에 대해 이야기했다. 젊을 때는 돈이 그리 중요하지 않았고 돈이 많지 않아도 아쉬운 게 별로 없었는데, 나이가 드니 그렇지 않다고 했다. 꼭 써야 할 자리에 쓰고 싶고 마음이 가는 곳엔 더 크게 쓰고 싶은데 여건이 허락지 않으니 그게 가장 아쉽고 안타깝다며 눈빛이 촉촉해졌다. 자신을 위해서가 아니라 타인, 특히 후배들을 위해 돈을 쓰고 싶었던 거다. 지인이 감자를 수확할 즈음이 되면 당신의 사무실로 불러 냄비에 직접 감자를 삶아서는 손수 빚은 예쁜 도자기 접시에 담아 맛 보여 주는 대표님, 돈보다 더 소중한 마음을 내게 가르쳐 주는 분이다.

IT여성기업인협회의 젊은 대표들을 보면 하나같이 능력 있고 야무지고 인품까지 좋아 더 마음이 간다. 나는 저 나이 때 엄청 소극적이고 자신감도 없었던 것 같은데 말이다. 밖에선 자신의 전공을 살려 전문 분야에서 당차게 일하는 멋지고 젊은 대표들이지만, 한창 어린 자녀나 가족을 챙기며 일해야만 하는 바쁘고도 힘든 그 심정과 처지를 알기에 맘이 더 짠하다. 그 와중에도 배움의 열정과 지적 호기심 충만한 몇몇은 나와 함께 독서토론 모임을 한다. 이 어여쁜 대표들이 책을 통해 자기 계발을 하고, 위로와 용기를 얻어 대한민국을 대표하는 더 멋진 여성 기업인으로 크게 성장하길 바란다. 존경하고 좋아하는 선배 대표님을 보며 나도 저렇게 되어야겠다고 다짐하듯이, 나도 젊은 대표들에게 그런 존재가 되고 싶다. 아직은 능력도 부족하고 힘도 없지만, 내가 조금이라도 그들에게 도움을 줄 수 있도록 건강을 지키며 더 열심히 공부해야겠다는 마음이 든다. 그래서 공부하는 짬짬이 열심히 걷는다.

언젠가 내가 여성경제인협회 회장님이 출연하는 패널 토의의 질문자로 선정되어 방청객으로 초대받은 적이 있다. 그날 아침 곱게 차려입고 집을 나서며 구랑에게 말하니 무심한 사람이 한 마디 툭 내뱉었다. 늘 현실적으로 냉정하게 조언하고, 감성과 공감 능력이 부족해 내게 타박을 맞는 초이성적인 남편한테서 의외의 말이 나왔다.

"여보, 오늘 내가 패널 토의 질문자로 선정됐어."
"그래? 다음엔 질문자가 아니라 강연자가 될 거야!"

아마 구랑은 자신이 했던 이 말을 기억조차 못 하겠지만, 나는 잊을 수가 없다. 그 말을 듣고서 꼭 그런 사람이 되겠노라 다짐했으니 말이다. 그래서 많은 사람에게 지식과 경험을 나누는 사람이 되려고 열심히 공부하고 있다.

지방의원이 되다

내가 무엇을 잘하는지, 무엇을 좋아하는지, 그리고 무엇을 해야 하는지 모를 때가 많다. 괴테가 「파우스트」에서 인간은 노력하는 동안 헤매게 마련이라고 한 것처럼 어쩌면 우리는 평생 꿈을 찾아 방황하는지도 모른다.

2014년 어느 날 다급한 제의를 받았다. 내가 정치를 할 수 있을까? 반나절 정도 고민했던 것 같다. 좋은 경험이겠다 싶어 마흔에 지방의원 선거에 출마하기로 마음먹었다. 열정과 성실함을 무기로 그간 쌓아온 교육과 IT 분야에 대한 노하우와 경험을 더 크게 사용하기로 했다. 두 딸아이를 키우는 엄마의 마음으로 가정을 돌보듯이 지역 사회를 꼼꼼히 살펴야겠다고 생각했다. 그렇게 당차게 마음먹고 선거에 나갔다. 조용히 혼자 공부하기 좋아하고, 사람들 앞에 나서거나 활동하는 걸 싫어하며, 부끄러움 많고 내성적인 내가 말이다. 구랑 덕분에 벤처기업 대표이사를 하며 생각지도 못한 온갖 경험을 하더니 이제는 구랑의 응원에 힘입어 지방의원까지 출마하다니! 이래서 인생은 살아보지 않고는 알 수 없는 것인가 보다.

똑소리 나는 살림꾼이 되어 보겠다고 자신 있게 말하며 새벽부터 밤까지 연신 허리 굽혀 선거운동을 하면서 가장 기억에 남는 일이 있다. 바로 친정아버지의 90도 인사다. 남에게 부탁하는 일 없이 평생을 대쪽같이 살아온 우리 아버지. 선거운동은 등록된 법정 선거운동원 외엔 가족 중 직계존비속과 배우자만 가능하다. 곱게 키운 딸자식이 땡볕에 종일 지역구 구석구석을 찾아 걸어 다니며 명함을 건네고 인사하는 걸 알고는 남에게 아쉬운 소리 한마디 못 하시는 아버지가 길에서 나 몰래 내 명함을 돌렸지 뭔가. 주민들에게 명함을 건네면 이상하게도 "아까 머리 허연 할아버지한테 받았어요"라고 했다. 엄마라면 충분히 이해되지만 설마 우리 아버지가? 그러던 어느 날, 멀리서 아버지가 주민들에게 90도로 깍듯이 인사하며 명함을 돌리는 걸 보게 되었다. 순간 주체할 수 없이 눈물이 났다. 우리 아버지가 모르는 사람들에게 저러고 계시다니. 대프리카의 뜨거운 햇볕 아래 챙모자를 꾹 눌러쓰고 골목을 돌아다니며 하루에 수백 장씩 딸 명함을 정성껏 돌리며 인사했을 아버지. 바닥에 버려지고 밟히는 딸의 명함을 보며 얼마나 마음 아파하셨을까. 나를 보면 아버지가 무안해하실까 봐 얼른 돌아섰다. 늙은 아버지가 죄지은 사람처럼 90도로 정성을 다해 인사하던 뒷모습은 내 가슴속 깊이 새겨졌다.

'정말 바르고 성실하게 잘 살아야겠다! 우리 아버지 부끄러워할 일 없도록!'

아버지를 보며 마음속으로 다짐한 것이 내 삶의 준칙이 되었다.

돈 걱정 사람 걱정 없이 일만 잘하면 되잖아

의원이 되고 공적인 일을 하면서 더 행복했던 이유가 있다. 돈 걱정 사람 걱정 없이 일 걱정만 하면 되었기 때문이다. 중소기업을 경영하다 보면 정말 개발하고 싶은 기술이나 제품이 있어도 외주 작업부터 먼저 해야 하고, 기간 내 과제부터 완료해야 한다. 그래야 각종 세금과 경비를 처리하고, 직원들 월급 주고, 내 월급도 챙겨 갈 수 있으니 말이다. 예전에 매출이 적거나 수입이 없을 땐 직원들 급여부터 챙기느라 대표인 나는 정작 한 푼도 집에 못 가져가는 일도 더러 있었다. 그만큼 닥치는 대로 벌어야 하니 기술 개발은 늘 당장 돈이 되는 일 뒤로 밀릴 수밖에 없었다. 게다가 IT 업종의 경우 직원들의 이직률이 상당히

높다. 공들여 기술을 가르쳐 놓아도 짧으면 1년 길어도 3년을 못 넘기고 몸값을 높여 이직한다. 더구나 우리 회사에서 주로 다루는 증강현실 기술은 대학의 정규 과정에서도 거의 가르치지 않기에 인력난이 더 심각하다.

그런데 구청에 들어와 보니 매년 일정 규모의 예산이 정해져 있고, 내가 직접 벌어들여야 하는 부담 없이 공공복리를 위해 잘 활용하면 되었다. 사업하는 사람에게 이건 걱정거리 하나 없는 그저 감사한 일이다. 이런 돈을 왜 국민을 위해 제대로 못 쓰는지 알 수가 없다. 게다가 요즘 젊은 공무원들은 거의 4년제 대졸자에 우수한 인력인 데다가 이직하거나 퇴사할 걱정도 거의 없으니 어떤 사업을 추진해도 안정적으로 운영할 수 있다. 이런 좋은 여건에서 제대로 된 콘텐츠 없는, 그저 업적으로 드러나는 건물이나 지으며 쓸데없이 낭비되는 예산을 보니 아까울 수밖에. 좋은 아이디어를 가지고 더 나은 방향으로 새로운 사업에 투자할 궁리를 하고, 예산과 인력 걱정 없이 주민의 행복과 안전을 위해 많은 일을 할 수 있는 곳이 바로 이곳이니 내게는 정말 신천지와 같았다.

보람차고 뿌듯했던 경험들

우리 지역의 새로 정비된 강변 산책길에 배드민턴 코트가 하나 있으면 좋겠다는 주민의 민원을 받고, 담당 부서 공무원과 협의해 설치했다. 내가 지방의원이 되어 처음으로 결과물을 낸 일이다. 이런 일을 하는 데 의원이 중간 역할을 할 수 있다는 사실이 놀라웠다. 지금도 이곳을 지나갈 때면 아이들에게 "이거 엄마가 만든 거야!" 하고 큰소리친다. 이 일을 계기로 4년의 임기 동안 작지만 소중한 일, 주민들에게 꼭 필요한 일을 하기 위해 열심히 공부하고 발로 뛰며 집행부 공무원 및 관계 기관과 함께했다.

12시간 넘게 예산심의와 의결을 하고 밤늦게 퇴근한 적이 있다. 마음고생은 많았지만, 열심히 논의하고 논쟁하는 과정에서 한 뼘 자란 기분이었다. 변화의 바람이랄까? 나는 완벽하지 않기에 항상 더 꼼꼼하게 완벽을 추구한다. 이거다 싶으면 깊이 파고들어 해결해 내지만, 아니다 싶으면 과감하게 인정하고 접어 버린다. 구청 예산이 얼마 되진 않지만 적은 돈, 작은 사업도 모두 주민과 관련된 것이니 의원은 존재 자체만으로 주민을 위해 책임을 다해야 한다. 파커 파머는 「비통한 자들을 위한 정치학」에서 갈등이 없는 공공 영역을 상상하는 것은 죽음이 없는 삶을 염원하는 것과 비슷한 환상이라고 한다. 행정 사무감사와 예산심의를 하다 보면 집행부와 벌이는 신경전이 만만치 않다. 무조건 집행부 길들이기 식으로 예산을 삭감하는 것은 바람직하지 않다. 좋은 게 좋다고 방망이 두드리며 통과시키는 것도 무책임하다. 꼼꼼히 사업을 확인하고 필요 없는 예산은 정리하는 과감성, 꼭 필요한 부분은 더 늘리는 융통성이 필요하다. 의원 역할을 제대로 하기가 쉽지 않다. 국회의원도 아닌 지방의원이 12시간 넘게 늦은 밤까지 예산심의로 함께하는 것은 아주 이례적인 일이었다고 나중에 전해 들었다. 다시 생각해도 참 보람찬 일이었다.

이전 해의 거점고등학교 육성지원사업은 2개 학교에만 예산을 편중 지원해 형평성과 선정 기준 등에서 여러 가지 문제가 있었다. 행정 사무감사에서 이 부분을 집중적으로 논의한 후 집행부, 학부모, 진로교사와 여러 차례 간담회를 했다. 마침내 교육경쟁력 강화 지원사업으로 이름부터 확 바꾸어 관내 고등학교에 고르게 예산을 배분하게 되었다. 이로써 지역의 많은 학생이 골고루 혜택을 받을 수 있었다. 한정된 교육예산이기에 효율성을 따지되 더더욱 형평성 있게 사용하는 것이 좋겠다고 생각했다. 슬슬 일이 재미있고 보람도 커서 사명감을 가지고 가속도를 붙여 일했다. 공부라면 누구에게도 지지 않을 정도로 자신 있었고, 교육에 대한 지식과 열정은 나를 따라올 사람이 없다고 자부했다. 옳다고 생각하는 일은 끝까지 관철하겠다는 자신감과 책임감이 컸다. 사람의 일은 대부분 혼자 할 수 없기에 함께 일하는 이들의 감정을 상하게 하는 일이 없도록 조심한다. 하지만 반박할 수 없는 명백하고 타당한 논거를 기반으로 상대를 설득해 스스로 인정하고 다시 생각하도록 하는 것이 가장 좋다. 이미 계획했던 일을 번복하고 새롭게 시작하는 건 결코 쉬운 일이 아니다. 그래서 더 격려하고 일이 좋은 방향으로 진행되도록 협조해야 한다. 내 안에 있던 나도 몰랐던 승부사 기질을 발견한 일이었기에 참 기뻤다.

 새로 시작하는 사업, 내가 모르는 분야의 사업, 문서로만 봤을 때 목적이 좋은 사업이 실제로 어떻게 진행되는지 궁금할 때는 직접 참여해 경험하곤 했다. 우리 지역의 9개 행정복지센터에서 전국 최초로 홀로 사는 어르신을 위한 주말 청소년 안심지킴이 활동인 청바지 사업[5]이 시작되었다길래 찾아갔다. 사회복지 담당 공무원과 아이들이 모여 짧은 오리엔테이션을 진행한 후 앞으로 매주 만나게 될 어르신들의 집을 같이 방문했다.
 나는 남학생 팀과 함께 홀로 사는 어르신 댁 15곳을 찾아다녔다. 여러 차례 전화와 방문을 통해 미리 연결했다는데 막상 가보니 누가 오는 게 귀찮고 싫다며 오지 말라고 하는 분, 자제분이 문을 열고 나와서는 내가 주말마다 오니 우리 집은 오지 말라고 은근히 경계하며 짜증 내는 분이 있었다. 한편, 반가워서

5) '청소년 바른 일자리 지원사업'의 줄임말이다.

그냥 가면 섭섭하니 음료수라도 마시고 가라는 분, 귀가 어두워 보청기를 해야 한다며 붙잡고 이런저런 얘기를 하려는 분을 보니 맘이 짠했다. 겉으로 보기엔 아직 젊은데 여든이 훌쩍 넘은 어느 할아버지는 혼자서 너무나 열악한 환경에서 살고 있었다. 센터에서 이사 비용을 지원해 주겠다고 하는데도 완강히 거절하는 모습을 보니 안타까웠다. 치매 초기인 분, 우울증을 앓는 분, 알코올 의존증이 심한 분들을 보니 아이들이 어른들과 얼굴을 익히며 친해지기까지 어려움이 많을 것 같았다.

'청바지를 통해 아이들이 엄청난 인생 공부를 하겠구나.'

아이들과 같이 다니며 이런저런 얘기를 나눴다. 꿈이 뭐냐고 물으니 고3 형은 사회복지사, 고2 동생은 요리사란다. 어르신들 집을 잘 찾겠는지, 할 만한지 물으니 씩씩하게 대답한다. 월 5회 방문하고 매달 마지막 회에는 학생들이 모두 모여 한 달 동안의 경험에 관해 서로 의견을 나누며 좀 더 바람직한 방향으로 청바지를 운영할 계획이라고 했다. 아이들에게도 홀로 사는 어르신에게도 빛과 소금이 되는 청바지가 되길 기대했다. 아울러 골목 구석구석을 다니며 도움이 필요한 주민들을 위해 땀 흘리며 고생하는 사회복지 담당 공무원을 직접 두 눈으로 보니 나 자신이 부끄러웠다. 소명 없이는 못 할 일이다.

벚꽃 잎이 함박눈처럼 내리던 날이었다. 오랜 시간 공들여 준비한 보건지소의 보건증 발급 업무에 대한 구정 질문과 할아버지학교 졸업식, 우리 회사 인터뷰까지 여러 가지 일이 한꺼번에 겹쳐 정신없이 바빴던 하루였다.

구정 질문을 위한 원고를 몇 날 며칠 공부하며 준비했다. 무미건조하게 행정부를 견제, 비판, 질책하기는 싫었다. 현재 왜 그렇게 운영하고 있는지 현실을 파악하고, 그에 따라 최적의 합리적인 대안을 준비해 제시했다. 상대를 설득하기 위해 논리적인 근거뿐만 아니라 적절히 감성에도 호소하는 전략을 취했다. 웬만하면 받아들일 수밖에 없도록 세심하게 준비하는데, 누군가를 설득하기 위한 글을 쓰는 게 얼마나 매력적인 작업인지 모른다. 마침 며칠 전에 읽은 데일 카네기의 「인간관계론」에서 "인간은 고치 속에 들어 있는 신"이라는 문구를 구정 질문에 적절히 인용할 수 있었다. 책을 읽고 공부하다 보면 요긴하게 사용할 때가 꼭 있다.

나랏돈은 국민의 주머니에서 나온 소중한 돈이기에 허투루 쓸 수 없다. 살림하는 주부의 마음으로, 사업하는 CEO의 전략으로 하나하나 일을 만들어 가니 항상 열심히 공부할 수밖에 없었다. 어느 용도로 쓰일지 모르니 늘 준비하는 마음으로 말이다.

그렇게 초선 의원을 경험했다. 재선을 준비하느라 임기를 마무리하지 못한 채 사퇴하고 시의원 예비후보에 등록했다. 여러 가지 우여곡절 끝에 결국은 공천을 받지 못하고 무소속으로 출마했다. 구랑과 함께 한 쌍의 완벽한 파트너가 되어 선거운동을 했다. 사람은 시련을 겪어야 성장하나 보다. 시련 속에서 내 안의 또 다른 능력과 내 밖의 숨겨진 보석을 찾아냈다. 가장 힘들 때 비로소 사람과 세상을 보는 눈이 생겼다. 나는 나 자신과 싸웠고, 내가 인정할 수 없는 부정한 현실과 싸웠다. 열심히 했지만 결과는 낙선. 하지만 실패는 없었다.

낙선 인사

사랑하는 여러분, 먼저 감사드리고 죄송합니다. 부족한 이 사람을 많이 응원해 주셨는데 말이에요. 면목이 없습니다. 세상의 벽을 겁도 없이 무모하게 한번 넘어 보겠다고 오만에 빠졌던 걸까요. 가치관의 혼란을 느낍니다.

어떻게 사는 게 맞는 걸까요? 정답은 눈앞에 뻔히 보였지만 그렇게 풀면 안 된다고 생각하기에, 그렇게 살면 안 된다고 생각하기에, 나 자신과 내 아이와 상식을 가진 사람들에게도 옳지 않은 일이라 생각하기에 소신껏 했던 일들이 결과적으로 저 자신과 가족과 함께한 모든 분을 힘들게 했습니다. 어떻게 사는 게 맞는 걸까요? 제가 바보일까요?

슬퍼하거나 아파할 겨를도 없이 피곤한 몸과 마음을 이끌고 고마운 남편과 함께 회사 일로 출장을 다녀왔습니다. 오며 가며 이런저런 이야기를 많이 했습니다. 정당만 보고, 누군지도 모르는 채 줄투표 하지 않고, 오로지 투표용지 가장 아래 있는 제 이름 '윤은경'을 찾아 도장을 꾹 찍어 주신 고마운 3,091명의 이름 모를 감사한 분들을 제 마음속에 영원히 담겠습니다. 어찌 잊을 수 있겠습니까.

잠시 충전의 시간을 갖고 더 성장해 새로운 모습으로 다시 일어서겠습니다. 돌 사이에 피어나는 잡초처럼 강인하고 당찬 모습으로 다시 설 것을 약속합니다. 죄송합니다! 감사합니다! 사랑합니다!

온라인으로 응원해 주신 분들에게 올린 글이다. 선거에서 패배하면 흔히 두문불출, 대인기피, 연락 두절 3종 세트 현상을 보인다. 왜 그럴까? 대략 세 가지 이유 때문인 것 같다. 부끄러워서, 좌절해서, 꼴 보기 싫어서.

선거에 나오는 사람은 기본적으로 본인이 당선된다고 자신한다. 자신만만하게 나왔는데 떨어지니 상당히 부끄럽다. 부끄럽기만 한가. 자신감이 바닥으로 떨어지고, 믿었던 사람이 다른 편을 지지하는 것을 보며 배신감에 좌절한다. 내 능력과 내 진

심을 몰라주는 사람들도 야속하다. 선거운동 기간 중 타 후보
와 선의의 경쟁을 해야 한다지만 말이 쉽지 현실적으로 힘들다.
네거티브 선거가 일상이다. 그런 와중에 나는 떨어지고 나보다
못하다고 생각한 상대가 당선되면 상대 후보도 보기 싫고 내 주
위에서 웅성거리다가 어느새 당선인에게 옮겨 가 있는 사람들
도 꼴 보기 싫어진다.

　하지만 그러면 안 된다. 나만 손해다. 어차피 승복해야 하는
결과다. 나는 선거에 떨어져도 다행히 돌아갈 회사가 있었고 그
렇게 좌절할 일도 아니었다. 조금 부끄럽긴 하지만 사람들이 내
얼굴만 보고 사는 것도 아니고, 꼴 보기 싫은 사람도 이미 없었
다. 공천받지 못해 탈당해서 무소속으로 나선 순간부터 적과 아
군이 확연히 구분되었다. 일찌감치 힘든 일을 겪고 마음에 상처
도 컸지만 금방 잊고 뛰어다녀야 했기에 나는 그나마 낙선 3종
세트와는 거리가 멀었다.

　득표율이 선거비용 보전 기준과 완전히 동떨어져 빚이 고스
란히 남았기에 좌절하고 부끄럽고 꼴 보기 싫을 여유 없이 다
시 현실로 돌아와 사람들과 연락하고 만나고 돌아다니며 일해
야 하는 상황이었다. 나에게 일은 모든 걸 빨리 털어내고 당차
게 일어서게 하는 힘이었다.

나는 진정 무엇을 원하는가? 무엇이 내게 소중한가? 계속 그 일을 하고 싶은가? 어떻게 인생을 살아가야 할까? 과연 잘할 수 있을까? 생각이 많아졌다. 돌아보면 울컥해진다. 비록 도전하고 좋은 결과를 만들어 내지는 못했지만, 내가 안팎으로 성장하고 우리 가족이 더 똘똘 뭉친 계기가 되었다. 그때는 모든 걸 잃었다고 생각했지만, 스쳐 지나가는 시련이었을 뿐 실패는 아니었다. 얻은 것이 더 많았다. 세상과 사람에 대해 알 수 있었고, 다양한 분야에서 일하는 최고로 멋진 분들이 내 인생으로 성큼 들어왔다. 세상에서 제일 바쁘게 살면서도 항상 현재에 머무르지 않고 자기 계발을 하며 주변을 두루 살피는 나의 진국들. 덕분에 내가 더 열심히 공부하게 되었다.

내가 사랑하는 책

어쩌다 보니 차에 가방이 두 개다. 노트북 가방 하나, 책이 들어 있는 서류 가방 하나. 차에도 식탁에도 늘 책이 있다. 어디서든 시간 날 때마다 펼쳐 읽는다. 퇴근 후 일과를 정리하고 식구들이 모두 잠든 깜깜한 밤이나 주말에 혼자 집에 있을 때 숨겨 놓은 알밤을 까먹듯이 책을 보는 것이 어느새 습관이 되었다. 나의 경험과 관련해 기억에 남는 책 몇 권을 소개해 본다.

「너무 재밌어서 잠 못 드는 세계사」, 우야마 다쿠에이

개인은 추억을 되새기며 지난날의 잘못이나 부족했던 점을 반성하고, 오늘과 내일은 그러지 말고 잘해야지 다짐한다. 이는 국가에도 적용된다. 행위에 대한 성찰은 기본이고, 이를 바탕으로 앞으로의 계획을 세워야 한다. 우리가 역사를 공부하는 이유는 지난날의 잘못과 비슷한 행위를 반복하지 않고 더 지혜롭게 살기 위해서다.

중국 명나라 때 세제는 인두세와 토지세가 주축이었다. 인두
세는 인간이 살아 있다는 사실만으로 빈부를 가리지 않고 부과
하는 세금이었다. 그러다 보니 가난한 백성은 세금이 부담되어
일부러 호적에 올리지 않았고, 명나라 인구는 법적으로 6,000
만 명 정도였다. 하지만 실제는 그 3~4배였을 것으로 추정한
다. 당연히 명나라의 재정 상황은 말이 아니었다.

만주족이 세운 청나라는 인두세를 과감히 폐지했다. 백성은
인구조사에 순순히 응했고, 그 결과 청나라 인구는 통계상으로
만 3억 명이나 되었다. 백성은 더는 숨어 살지 않았고, 서민 생
활이 활기를 띠었다. 세금은 토지세로 충당했다. 토지세는 토
지를 소유한 사람만 대상이니 주로 한족에게서 징수했다. 한족
은 만주족이 세운 청나라이기에 당연히 자신의 토지가 몰수당
할 것을 불안해했는데, 세금을 내면 몰수는커녕 소유권을 보장
해 주니 부자인 한족들은 크게 반겼다. 청나라의 관대한 공존
정책과 절묘한 정치적 균형 감각이 빛나는 이 세제가 '지정은'
제도다. 청나라는 지정은 제도를 통해 장기적으로 안정적인 권
력 구조를 구축했다.

우리나라는 보수와 진보 모두 정권이 교체되면 전 정부의 정

책이나 사업, 사람까지 완전히 갈아엎고 새로 판을 짠다. 이런 정치 현실이 초래하는 불필요한 사회적 비용이 너무 크다. 소모적이고 국민 간 깊은 분열을 초래하는 정치 상황을 보면 참으로 안타깝다. 밤비 내리는 소리가 구슬프다.

「누구나 한 번쯤 읽어야 할 목민심서」, 미리내 공방

「목민심서」는 조선 후기의 부패한 지방관리들을 비판하고, 그들이 갖추어야 할 덕목을 제시하기 위해 정약용이 유배지에서 세심하게 쓴 글이다. 공무원뿐만 아니라 조직의 리더 그리고 어른이라면 꼭 읽어 봄 직한 글이다.

수년 전 겨울, 과제 관련 워크숍으로 어느 호텔에 갔을 때다. 난방기를 최강으로 빵빵하게 틀어놓은 채 창문을 활짝 열고 담배 피우며 술 마시는 직원에게 한소리를 하게 되었다.

"이 추운 겨울에 창문을 활짝 열고 히터를 틀면 쓰나?"

"대표님, 제발 좀. 우리가 이미 다 지불한 거잖아요. 우린 이럴 권리가 있어요."

직원이 볼멘소리를 했다. 대체 무슨 권리? 이건 기본적으로 지켜야 할 것 아닌가. 나라는 사람은 대중목욕탕에서도 누군가가

깜빡 잊고 콸콸 틀어 놓은 물을 보면 눈치 봐 가며 몰래 잠그고, 훤히 켜 놓고 나간 사무실 불도 일일이 꺼야 맘이 편하다. 혼자서는 전체 불도 다 못 켜고 냉난방도 못 하는 작은 간땡이다. 누군가가 혀를 차며 못마땅해할까 봐 뒤통수가 따갑고 귀가 간지러울 때도 있다. 음식은 푸짐하고 넉넉하게 먹어야 한다며 모임이나 단체에서 회비로 과하게 주문해 쓰레기로 변하는 음식을 볼 때마다 아깝고 안타깝다. 뭐든 계획을 세워 필요한 만큼 준비하고 사용하면 좋지 않을까? 맞다. 나는 안 된다. 안 되는 걸 어떡하나. 내 돈 아끼듯 남의 돈도 아껴 써야 하고, 내 일이 소중하듯 우리 일도 소중하게 생각해야 한다. 대충이라는 말은 내게 해당 사항 없고, 철저하게 계획하고 준비하고, 과정도 깐깐히 결과도 엄밀히 따져야 마음이 편하다. 이런 나를 보는 구랑은 언제나 마음에 안 드는 눈빛이다.

"몰라, 당신은 그냥 좀 답답하다. 넉넉하게 해서 버리는 한이 있더라도 모자라는 것보단 남아돌아야 사람들이 좋아한다. 당신처럼 그러면 욕먹는다. 당신 같은 사람은 천상 공직 생활이 딱인 것 같다."

나 같은 사람은 공직 생활이나 해야 하는가? 「목민심서」에서 청렴은 목민관의 기본 의무이자 자세이고, 모든 덕의 근본이다.

청렴하지 않고는 목민관을 할 수 없다. 수백 년 전 *"자기 것을 절약하는 일은 보통 사람도 할 수 있지만, 공고(公庫)를 절약하는 이는 드물다. 공물을 사물처럼 보아야 어진 목민관이라 할 수 있다"*라고 한 다산 정약용의 말씀에 '그렇지, 그렇지! 내 말이 맞잖아!' 혼자 중얼거리며 위로받는 밤이다.

「스티브 잡스」, 월터 아이작슨

한창 증강현실 책을 만들며 IT 문외한인 내가 기술에 눈을 뜰 무렵이었다. 나의 롤모델인 이분에 관한 책은 모조리 싹 쓸어 읽던 때였다. 그러던 어느 날, 회사에서 일하는데 이게 웬 날벼락이란 말인가! 뉴스 속보가 뜨는데, Unbelievable! 믿을 수가 없었다. 순간 거짓말처럼 눈물이 주르륵 흘러내렸다. 가족도 아니고 개인적으로 친한 사람도 아닌데, 왜 그랬을까.

"여보, 잡스 님이 돌아가셨대."
"뭐? 대체 어느 잡'스님'이 돌아가셨단 말이고?"
"(이 와중에 이 무슨 코미디 같은 소린가?) 아니, 스티브 '잡스' 님!"
"아."

실제 상황이다. 나는 무척이나 심각했는데 남편은 농담으로 들었다고 한다. 대체 어떤 스님이길래 함부로 잡(雜)스님이라 하는지 깜짝 놀랐다는 구랑.

여름휴가 며칠 동안 마음잡고 잡스 님에 관한 900페이지짜리 벽돌 책을 다시 읽었다. 스티브 잡스는 디자인을 중요하게 생각한다. 엔지니어들이 현실적인 비용 문제로 제품을 제작할 수 없는 수십 가지 이유를 댈 때도 무조건 해야 한다고 우긴다. 직원들이 이유를 물으면 "내가 CEO니까!" 그리고는 실제 제작에 성공하고 시장을 선도하고 세상을 바꾼다. 대표라면 이렇게 큰소리칠 수 있는 능력과 배짱을 키우고 싶지만, 여러 여건을 고려하다 보면 현실적으로 참 힘들다. 「스티브 잡스」를 집필한 월터 아이작슨은 인문학적 감성과 과학적인 재능이 강력한 인성 안에서 결합할 때 발현하는 창의성이 21세기 혁신적인 경제를 창출하는 열쇠라 한다. 아마 스티브 잡스를 그런 인물로 보지 않았을까.

"세상을 바꿀 수 있다고 생각할 만큼 미친 사람들이 결국은 세상을 바꾼다."

- 1997년 애플 광고 Think different

「50 홍정욱 에세이」, 홍정욱

'나이 오십이 되면 난 무엇을 하고 있을까?' 했는데 이미 내 나이가 오십이다. 이상하게도 나는 오래전부터 빨리 오십 대가 되고 싶었다. 힘들다고만 생각한 젊은 시절, 내 눈에 비친 그들의 모습은 왠지 모르게 안정되고 풍족하고 편안한 느낌이었다. 그야말로 산전수전을 겪었으니 마음이 단단해져 그렇게 보이는 것 아니었을까? 나도 어느새 그 나이가 되었고, 지금의 주름살과 흰머리에 아주 만족한다. 젊은 사람들 눈에도 내가 안정적인 50대로 보일까?

책이 아니면 이런 분을 내가 어떻게 감히 만날 수 있을지. 혼자 책을 읽지만 멋진 분과 마주 보고 이야기하는 느낌이다. 사실은 전부터 SNS를 바탕으로 이런 종류의 에세이를 쓰고 싶었는데, 세상에나 이분이 먼저 써 버렸다. 에잇!

호탕하고 뒤끝 없는 신사적인 분 같은데 오히려 인간적인 매력이 느껴지니 더 좋다. 이런 면이 있다니! 혼자 큭큭대며 웃는다. 은근히 통쾌하기도 하다.

"올바른 인격체가 되지 않는 한 끊임없이 분노할 것이며, 꼴불견인 사람은 콕 집어 망신 주는 사람으로 살 것이다."

현대 사회가 물질적 풍요와 황금만능주의, 지나친 개인주의로 인해 공동체의 유대와 보이지 않는 가치를 경시하는 이상한 방향으로 가고 있다. 지혜가 없고 철학이 없고 방향이 없는 사회로 변하는 가운데 고전에서 길을 찾고자 했던 그의 생각에 절대적으로 공감한다. 누가 나를 좋아하지 않아도 개의치 않고 겸손함과 자신감을 잃지 않고 맷집을 키워 나간다는 자존감의 대가인 이분처럼 나도 그렇게 살고 싶다.

「정의란 무엇인가」, 마이클 샌델

근래 몇 년 동안 내가 생각하는 정의는 이 세상에 존재하지 않는 것 같았다. 궁금했다. 정의란 과연 무엇인가? 어떻게 해야 우리는 어느 극단에도 치우치지 않고 균형적인 열린 사고와 행동을 할 수 있을까? 어젯밤 구랑과 백만 년 만에 책 이야기를 했다.

"난 그 책 벌써 읽었다."
"정말? 당신이?"
"그거 회사에 있던 내 책 아이가?"
"아닌데!"

어쩌다 보니 똑같은 책이 두 권이 되어 버렸다.

정의라는 것은 시대에 따라 그 정의도 조금씩 변하는 것 같다. 아니 정확히 말하자면 근본적인 정의의 개념은 예나 지금이나 똑같지만, 그래야 한다고 생각하거나 현실에서 실감하는 정의는 다른 것 같다. 나는 자유 지상주의자는 아니지만, 정의를 앞세워 절대적 평등을 추구하는 이들에 대해 늘 하고 싶은 말이 많다.

반백 년 살고 나니 이제 조금 알겠다. 불공정하고 불공평하다는 생각에 나도 가끔은 억울할 때가 있다. 분노할 때가 있다. 부러울 때도 있다. 그런데 세상 어디에도 공짜는 없다. 우리 눈에 비친 어떤 이의 풍족하고 유능하고 화려하고 당당한 겉모습 뒤에는 대부분 뼈를 깎는 수고와 고통과 희생과 인내가 숨어 있다. 그런데 사람들은 핵심은 보지 않고 힘든 건 외면하며 눈에 보이는 결과와 현상만으로 시기 질투하는 경향이 많다. 적어도 나는 그렇게 살고 싶지 않다. 지나치게 평등을 강조하는 사회는 개인의 능력을 인정하지 않고 인간은 모두 똑같고 똑같아야 한다고 주장한다. 우리는 누구나 인간으로서 존엄성을 가지고 법 앞에 평등하지만, 절대적 평등은 있을 수 없다고 생각한다. 최대한 자기 역량을 계발한 개인에게는 그에 맞는 합당한 대우를 하고, 나아가 공동체에 이바지하게끔 만드는 사회가 진정 정의로운 사회가 아닐까.

「NVC 비폭력 대화」, 마셜 B. 로젠버그

영어 선생님인 대학원 동기가 비폭력 대화 관련 자격증을 취득했다. 담임을 맡으면서 아이들과 소통하는 데 어려움을 느꼈고, 전공인 영어 외에도 아이들에게 도움을 주고 싶어 공부했다고 한다. 관련 공부를 하면서 학교의 아이들뿐 아니라 남편이나 가족과도 지혜롭게 대화하고 그들을 이해하는 데 큰 도움이 되었다며 내게 이 책을 선물해 주었다. 읽어 보니 비폭력 대화 기법은 모든 상황에서 공감할 수 있고, 다양한 인간관계에 적용할 점이 많았다. 마침 사람 때문에 쉽게 상처받고 힘들어하는 친한 언니가 있어 선물하려고 한 권 주문했다. 책을 읽어 보니 그동안 내가 주변 사람들에게 잘한다고 생각하며 했던 말도 실상은 나 혼자 대단히 착각한 것이었다. 어설프고 잘못된 부분이 많았다. 남편이나 아이들과 대화하면서 접점을 찾지 못하고 그저 싸우지만 않을 뿐 기나긴 평행선을 달리며 이해하는 척 평화로운 척했던 일들이 마구 떠올랐다.

우리는 대화의 기술을 제대로 배워 본 적이 없는 것 같다. 이책을 통해 타인으로 인해 상처받지 않고 타인에게 의도치 않게 상처 주지 않으며 서로 평화롭게 공존하는 관계를 유지하는 대화법, 특히 양극단으로 갈라진 우리 사회가 배워야 할 공감으로 모두가 행복해지는 대화법을 배웠다. 낯선 종류지만 아주 유익한 책이었다.

『레오나르도 다빈치』, 월터 아이작슨

협회 워크숍이 있어 쏟아지는 빗길을 운전해 조금 일찍 도착한 경주. 그런데 마침 친한 대표님이 나보다 먼저 도착해 혼자 책을 읽고 있었다. 언뜻 보아도 상당한 두께의 책이었다. 고전인가?

"우와! 대표님, 무슨 책인데 이렇게 두꺼워요?"
"윤 대표님, 이 책 너무 재밌어. 읽어 봐요. 그런데 책값이 좀 비싸요."

책 한 권 값이 6만 원이 넘다니! 사악하다. 구매 목록에 없던 책이고, 읽을 책도 많아 도서 구입비가 너무 많이 들어가는 형편이라 고민하다가 깔끔한 상태의 중고 서적을 찾아서 구매했다. 월터 아이작슨의 『스티브 잡스』를 이미 읽었기에 그의 글에 대한 염려는 전혀 없었다. 더 매력적인 것은 글자만 있는 책이 아니라는 점이었다. 〈모나리자〉를 비롯한 레오나르도 다빈치의 주옥같은 작품들이 어떤 과정을 통해 탄생했는지, 다빈치라는 세계적인 천재가 예술과 과학과 기술 등 다양한 분야를 아우르며 어떻게 성장하고 변화했는지에 관한 생생하고도 자세한 역사가 풍부한 설명과 함께 담겨 있었다.

다빈치의 위대함은 이론과 경험의 대화를 시도하고, 이 두 가지가 충돌하면 선입견을 배제해 기꺼이 새로운 이론을 세우고, 다시 관찰하고 실험하며 자신의 오류를 수정하려는 의지에 있다. 그렇다. 천재는 타고나는 게 아니라 열린 마음과 꾸준한 노력으로 완성된다. 위대한 지성인들이 공통으로 가지는 특징은 자기 생각을 수정하려는 의지라고 생각한다. 다빈치가 16년 동안 어딜 가든 가지고 다니며 수정하고, 수정하고, 또 수정한 끝에 완성한 역작 〈모나리자〉. 위대한 인물과 위대한 작품은 그렇게 탄생한다.

겸손하게 배우되 당당하게 말하기

　언젠가 텔레비전에서 보고 가슴이 찡했던 장애인 수영선수 김세진과 그의 어머니 양정숙 선생님이 우리 집 앞 도서관에 특강을 하러 오셨다. 설레는 마음에 만사 제치고 달려가 듣는데, 왜 그렇게 눈물이 나는지 주책바가지가 따로 없었다. 강의 내용 중 감명 깊었던 내용이다.

　"세상은 거울이다. 내가 어떤 행동을 하느냐에 따라 내 인생이 달라진다. 내가 극복해야 하는 건 타인의 편견도 선입견도 아닌 나 자신의 생각이다. 남이 나를 뭐라고 해도 괜찮다. 말은 듣는 사람의 몫이니까. 돈이 실력이라고? 천만에. 눈물이 실력이고, 노력이 실력이다. 안 되는 게 어디 있나? 안 하는 거지. 집의 평수가 뭐가 중요한가? 마음의 평수가 중요하다."

　피 한 방울 섞이지 않고도 부모 자식의 인연이 되어 사랑으로 맺은 관계. 마음의 아픔을 참고 잘 키워 낸 엄마도, 장애와 편견에도 불구하고 멋지게 잘 커 준 아들도 참 대단하다.

쇼펜하우어가 「삶의 예지」에서 말했듯이 인간은 대체로 나보다 힘든 사람, 나보다 조금 부족하거나 약해 보이는 사람을 보며 '나는 이만하면 정말 다행이고 감사하다'라는 생각으로 살아가는 것 같다. 긍정적인 의미에서 비교 우위에 감사하며 힘내어 사는 것이다. 그들보다 잘나서도 오만하거나 건방져서도 아니다. 나 또한 나이 들수록 더 가지려 욕심내지 않고, 이만하면 감사하다고 자족하며 겸손하게 사는 법을 조금씩 배우고 있다. 슬픈 걸 보면 같이 울고, 기쁜 걸 보면 목젖이 다 보이도록 함께 웃으며 상대와 공감하며 살고자 노력한다. 모두가 이런 마음가짐으로 살면 상대와 비교하며 스스로 초라하거나 불행하다고 느끼는 일이 조금은 줄어들 것 같다. 지금 이대로도 충분히 감사하다는 마음으로 말이다.

결혼해 처음 와서 살게 된 대구에는 아는 사람이 단 한 명도 없었다. 게다가 신혼 초에는 친정 부모님이 대구로 이사 오기 전이라 집에서 아이만 키우던 나는 대화하는 사람이라곤 우리 가족과 시댁 식구들뿐이었다. 그들과는 육아나 가족과 관련된 소소한 일상을 나누는 게 전부였다. 공부만 하던 스물네 살 아가

씨가 일곱 살이나 많은 남동생과 결혼해 줬다고, 나 같으면 결혼 안 했다고, 내가 부모였다면 결혼 안 시켰다고 말하며 시댁 식구들은 나를 따뜻하게 챙겨 주었다. 하지만 집안의 대소사와 관련해 나와 생각이 다른 손위분들에게 내 의견을 말할 때면 '어린 것이 버릇없다', '많이 배웠다고 잘난 척한다'는 식의 오해를 받고 꾸중도 들었다. 합리적으로 이성적으로 아무리 생각해도 내가 맞는 것 같은데, 남편은 그럴 때마다 내 편을 들어주기는커녕 자기가 알아서 할 테니 가만히 있으라고 했다. 누구에게도 부당하게 묵살당한 경험이 없었던 나는 억울하고 속상했다. 가족관계, 인간관계가 이렇게 어려운 건가. 새로운 경험을 하고 이후 직장 생활을 하면서 사람과 사회를 천천히 배워 나갔다. 수많은 지식과 정보뿐 아니라 다양한 분야에서 일하는 서로 다른 사람의 생각과 마음을 알아야 내가 덜 상처받고 평화롭게 살 것 같았다. 그래서 좋은 강의가 있다면 없는 시간을 내어 달려가 들었다. 가끔 자기만의 세계에 빠진 듯한 실망스러운 강사를 볼 때면 거꾸로 생각했다.

'어설프게 알면서 다 알고 있는 것처럼 말하지 말아야지. 강사가 어느 분야의 박사라 해도 자기 전공 외의 분야까지 모두 알 수는 없을 테니까. 나중에 나는 저렇게 교만하지 않아야지.'

강의를 시작하다

작은 회사지만 대표이사이고 다양한 단체 활동과 지방의원도 하다 보니 여러 가지 경력으로 강연할 기회가 많이 생겼다. 중·고등학생을 대상으로 소프트웨어 전문가 특강도 하곤 했다. 강의를 하다 보면 삼천포로 빠져 현재의 사회 문제에 대해 아이들도 한 번쯤 생각해 보게 한다. 우리나라 산업체의 90% 이상이 중소기업이고, 근로자의 대다수가 중소기업에 종사한다. 학생 중에는 분명 중소기업에 근무하거나 중소기업을 경영하는 부모님도 계실 거라고, 그분들이 열심히 일하는 덕분에 다들 이렇게 편하게 공부할 수 있는 거라고 말한다. 우리나라를 이끄는 동력이 중소기업이라는 사실을 힘주어 말한다. 증강현실은 실제 사용하는 예를 영상으로 보여 주면 신기하고 재미있어 강의 중 졸거나 한눈파는 학생이 거의 없어 강의하는 나도 즐겁다. 학생들이 똘망똘망한 눈으로 집중해 듣는 모습은 언제나 참 이쁘다.

"고등학교 다니며 종일 공부만 하려니 많이 힘들지?"
"네!"
"하지만 지금은 여러분 인생에서 반드시 거쳐야 하는 과정이야. 왜 나만 이렇게 힘들어야 하나 싶어 화가 나겠지만, 옆을 보면 전부 다 같은 처지의 친구들이잖아. 그 힘으로 함께 또 각자 사는 거야!"

대학에서는 '꿈이 현실이 되는 기술'(Augmented Reality)이란 주제로 여러 번 특강을 했다. 증강현실이라는 기술로 기업을 경영하는 여성 대표가 흔하지 않다 보니, 비록 프로그래머나 디자이너는 아니지만 이들과 함께 일하기에 밖으로 다니며 기회가 생기면 우리 회사와 우리가 하는 일을 소개했다. 특히 앞으로 우리 일을 하게 될지 모를 전공 학생들에게는 부르는 대로 달려갔다. 좋은 강의 기회를 얻어 많은 이에게 증강현실에 대해 알려 줄 수 있으니 감사했다. 내가 생각하는 증강현실은 꿈이 희망이 되고, 희망이 현실이 되는 기술이다. 꿈이 희망이 되게 하려면 부단히 도전하고 노력해야 함을 아울러 강조한다.

중소벤처기업부나 과학기술정보통신부 사업으로 진행되는 차세대 여성 CEO 양성 교육으로 지방의 여대생에게도 강의와 멘토링을 종종 했다. 열심히 보고 듣는 학생들을 바라보며 내가 진심으로 전할 수 있는 나의 삶과 사람, 일 그리고 그 속에서 겪은 수많은 어려움과 이를 이겨 내는 힘을 이야기한다. 여정 그 자체가 보상이라는 잡스 님의 말이 아이들 마음에 전해져 따뜻한 위로와 커다란 힘이 되면 좋겠다고 생각한다.

거래처나 민원인들과 부딪히며 온갖 세상 풍파에 시달리다가도, 며칠 동안 열심히 강의안을 만들어 학교나 행사에서 신나게 강의하다 보면 학생들과 청중으로부터 좋은 에너지도 받고 나 자신도 치유되는 느낌이다. 역시, 나는 공부하고 가르치며 교감하는 일이 적성에 딱 맞는 것 같다. 모르는 분야에 대한 배움과 새로움을 향한 도전은 언제나 생각지 못한 수확을 안겨 준다. 어디에서 누굴 만나든 우리는 분명 배우는 게 있다.

다시 학창 시절로 돌아가 가장 하고 싶은 게 뭐냐고 묻는다면, 사범대학에 진학하는 거라고 대답할 것이다. 물론 나는 현재에 만족하기 때문에 과거로 돌아가고 싶은 생각은 전혀 없지만 말이다. 왜 그때는 교사를 부정적으로 생각했을까? 지금이야 체벌하거나 촌지를 밝히거나 위압적이고도 권위적인 교사를 상상할 수도 없는 시대지만, 과거에는 그런 부정적인 모습의 교사가 적지 않았다. 그런 선생님에 대한 기억이 많은 까닭인지 일찌감치 머릿속에 교사라는 직업을 1순위로 삭제했다. 공부하기 좋아하고 배우고 가르치고 사람들과 교감하는 것을 누구보다 잘할 수 있는 소질과 감성이 다분한데 말이다. 부정적이고 편협했던 내 생각이 이런 좋은 기회를 앗아가 버렸다. 왜 그랬을까? 내 인생에 몇 안 되는 아쉬운 부분이다. 교권이 무너져 교사가 힘든 직업 중의 하나로 전락해 버렸지만, 그래도 가르치는 직업의 숭고하고도 보람된 가치는 지켜지면 좋겠다.

　두 딸아이의 엄마로서, 여성 벤처 기업인으로서, 지방의원으로서, 고전과 철학을 공부하는 학생으로서, 사회에 먼저 나온 선배로서 나누고 싶은 이야기가 참 많다. 나의 경력이 다양해질수록 강의할 주제와 대상의 영역도 점점 커진다. 어떻게 아이를 잘 키울지, 기업을 경영하며 인간관계를 어떻게 해야 하는지, 좋은 정치인의 역할은 무엇인지 생각한다. 침침한 눈으로 책을 읽고 공부하고 글을 쓰는 이유가 무엇일까? 힘이 닿는 데까지 많이 경험하고 열심히 배우고 익혀서 많은 사람에게 도움을 줄 수 있는 '살아 있는 책'이 되고 싶어서다. 나와 함께한 작은 시간이 그들의 삶에 유익하길 바라며 말이다.

글 속에 내가 있다

2012년을 기점으로 증강현실 프로그램 개발업체인 한울네오텍은 출판업 등록까지 하고 「상어 이야기」와 「내가 공룡왕」 등 12권의 신기한 책을 자체 제작 및 출판해 온라인 판매를 시작했다. 이후 박람회에서 우리 책을 유심히 본 출판 관계자가 드디어 정식으로 개발을 의뢰했다. 한울네오텍이 모 출판사의 AR book(증강현실 책) 상용화 제품을 처음으로 만들게 된 것이다. 9권의 책과 4권의 워크북 중에 곤충과 공룡 분야 두 권은 내가 직접 글을 쓰고 한울네오텍 식구들이 3D 콘텐츠와 프로그램을 제작했다. 출판사 이름만 빼면 모든 작업이 한울네오텍의 작품이었다.

그런 생각이 든다. 모든 우연은 필연이라는 사실. 대학 졸업 후 나는 전공과 달리 카피라이터가 되고 싶었다. 졸업 후 방송국에서 카피라이터 과정을 공부하던 중에 지금의 구랑을 만나게 되었고, 번갯불에 콩 튀기듯 결혼하는 바람에 꿈은 잊어버린 채 살았다. 아이 둘을 키우며 잊고 있었던 꿈이 생각났다. 스토리텔링을 배우고 싶은 마음에 우연히 신문 광고를 보고 찾아간 곳에서 강좌를 주관하던 교수님에게 오히려 코가 꿰였다.

"뭘 더 배우나? 이미 잘하는구먼."

그 바람에 얼떨결에 교수님이 새로 출간하는 계간지의 스토리텔링 팀장을 맡아 기사를 쓰게 되었다. 그런 글쓰기 경험이 우리 회사의 증강현실 책을 만드는데 밑거름이 된 것 같다. 모든 우연은 필연에 의해 연결되는 것 같다. 우리 아이들이 접하게 된 신기한 증강현실 교육 프로그램이 대구에 있는 4차 산업혁명 시대의 선발대 한울네오텍에서 그렇게 조용히 시작되었다.

글쓰기가 일상이 되다

회사 업무와 지방의회 일을 병행할 때는 정말 바빴다. 어느 하나 소홀히 할 수 없고 책임감 있게 해야만 하니 몸도 마음도 늘 분주했다. 누구나 그렇겠지만 대충 일하고 욕먹는 건 정말 싫었다. 나는 매사 숙고한 뒤, 하면 제대로 하고 아닌 것 같으면 아예 하지 않는 성격이다. 본회의 5분 발언도 구정 질문도 수집한 자료를 정리해 누구 손도 빌리지 않고 내가 직접 모든 원고를 준비했다. 엄연히 내 생각과 스타일이 있는데 그걸 누구에게 맡기겠는가. 그런데 나중에 알고 보니 자기 언어로 발언하고 질문하는 의원이 많지 않았다. 두세 줄 이상의 긴 문장을 앞뒤 호응이 맞게 제대로 쓸 줄 아는 이가 드물었고, 일반 상식조차 모르는 이도 제법 되었다. 사람의 지식과 지혜는 단순히 학력이나 학벌로 평가되어서는 안 된다. 다양한 분야에서의 경험과 연륜도 중요하다. 하지만 기본적인 배움 없이는 엘리트 집단인 공무원과 과거보다 학력과 정보력이 높아진 지역 주민을 대하는 데 어려움을 겪는다. 정치인이라면 적어도 자신의 주장을 논리적으로 풀어내고 설득할 수 있는 말과 글이 가능하도록 끊임없이 공부해야 한다.

2020년 전 세계를 수렁으로 몰고 간 코로나19. 처음에는 내 일이 아니라고 생각했는데 시간이 갈수록 끝나지 않을 것 같은 공포로 다가왔다. 슬픔이 아픔이 되고 아픔은 분노가 되어 가슴속에 점점 차올랐고, 다들 할 말은 많지만 묵묵히 견디고만 있었다. 그러던 중에 동참하게 된 코로나19 대구 시민의 기록 「그때에도 희망을 가졌네」가 대구 지역 출판사인 학이사의 기획으로 출판되었다. 여러 지인의 글도 보였다. 각자는 힘들지만 모두가 가슴 속에 사랑과 희망을 품고 함께 버려 내는 모습에 감동이 밀려왔다. 책은 모든 인터넷 서점을 통해 판매하고,

공동 저자에겐 따로 인세나 원고료 없이 수익금 전액을 기관이나 코로나19 발생으로 피해를 본 이들에게 기부했다. 책에는 코로나19와 관련해 각계각층 사람들이 겪은 다양하고도 생생한 체험이 담겨 있었다. 어려운 시기에 정부나 지자체 등의 공공기관이 해야 할 일을 지역의 작은 출판사가 담당하고 나와 같은 소시민이 십시일반의 마음으로 참여하게 되어 참 뿌듯했다.

공연을 보고 강연을 듣고 각종 행사에 참여한 후에 소감이나 바람을 글로 쓰는 건 나의 오랜 습관이기도 한데, 이런 활동을 공식적으로 3년 동안 했다. 지역의 문화재단 홍보 기자 활동을 하면서 문화센터와 도서관의 공연, 전시, 강연, 행사 등에 매월 적어도 한 번은 참가했다. 처음부터 끝까지 참여해 관찰하고 좋은 점과 아쉬운 점, 주민들의 반응과 앞으로의 기대를 나름대로 정리해 매월 블로그에 올렸다. 개인적으론 그동안 잘 알지 못했던 클래식 음악에 관심을 가지는 계기가 되었고, 딸들과 함께 지역 예술인들의 활동을 주기적으로 볼 수 있어 참 좋았다. 모든 공연이나 행사가 대부분 지자체 예산으로 진행되기에 주민들은 무료로 또는 약간의 비용을 부담하면 다양한 문화적 혜택을 누릴 수 있다. 주민들이 몰라서 못 가는 일이 없기를 바라며 열심히 활동해 우수 기자로 뽑히기도 했다. 가족 단톡방에 자랑삼아 아무 말 없이 사진을 올렸더니 나의 사랑 우리 집 귀염

둥이 영주님이 카톡을 보냈다.

'엄마가 키 제일 크네.'

그래, 참 고맙다. 뒤늦게 대학원에 진학하고 하는 일이 점점 많아서 3년 연속으로 하던 홍보 기자 활동을 중단했다. 블로그 글을 보면 3년 동안 보고 듣고 참가했던 많은 순간의 기억이 되살아나 흐뭇하다. 바쁜 일이 일단락되면 다시 하고 싶다.

내가 읽은 책을 소개하는 칼럼을 지역 신문에 10개월 동안 연재하기도 했다. 여러 책 모임을 하며 책을 읽고 토론하고는 있었지만, 중·고등학교 때 백일장에 나가 본 뒤로는 독후감이나 서평을 써 본 적이 없어 나름 도전적인 일이었다. 칼럼을 쓰는 동안 주로 고전만 읽던 내가 다양한 분야의 책을 읽게 되었고, 읽은 책을 정리하며 주변 사람들에게 조금 더 재미있고 친근하게 책을 소개하는 방법도 터득하게 되었다. 글을 쓰기 위해 책을 더 깊이 여러 번 읽어야만 했기에 좋은 공부가 되었다.

책 한번 만들어 보자

책 읽고 글 쓰는 모임으로 알고 들어갔는데 사람들이 너무 좋아서 좋은 곳에서 만나 맛있는 것 먹고 세상 사는 이야기를 하다 헤어지기를 반복했다. 그러다 보니 가시적인 결과물이 하나도 없었다. 힐링도 좋지만 그래도 모임의 목적이 책과 글인데 이를 어떻게 하면 좋을까 생각이 많아졌다. 한 해 두 해 계속 미루다가 결심했다. 올해 문집 하나는 무조건 만들어 내리라. 처음이 어렵지 일단 시작하면 그 뒤는 어떻게든 될 거란 생각이었다. 회원들에게 독촉을 거듭해서 한 달 넘는 기간 동안 일곱 명의 글을 받아 냈다. 이후 거의 한 달 동안 퇴근 후 집에서 밤마다 주말마다 보고 또 보고 고치고 또 고쳤다. 수정한 글을 저자에게 피드백하면 이상하게 다시 살이 붙어 돌아와 가슴이 철렁 내려앉기도 여러 번, 기나긴 교정의 시간을 가졌다. 사실 정신적으로 엄청 힘들고 물리적으로도 시간을 많이 뺏겼다. 공부할 시간이 줄어들어 잠도 못 자고, 무엇보다도 교정하면서 필자가 행여나 상처받지는 않을지, 기분 나빠 하지는 않을지, 말을 해야 할지 말아야 할지 스트레스가 이만저만이 아니었다. 과연 끝이 날지도 모르겠고, 괜히 시작했나 후회도 했다. 무엇보다 바빠서 못 하겠다며, 자신이 없어 안 되겠다며 그만두려는 이들을 설득하고 용기 주고 응원하고 기다려 주는 게 가장 힘들었다. 그러다가 글을 받아 읽으며 그동안 몰랐던 그들의 삶과 생각을 조금씩 알게 되면서 그 사람을 더 이해하게 되고 깨닫는 것이 많아졌다. 글을 통해 사람을 더 깊이 알게 되니 글을 더 잘 다듬고 싶었다. 우리 모두 이렇게 서로를, 또 자신을 알아 가는 구나! 마지막으로 교정하고 편집하고 디자인해 책 전체를 보는 순간 정말 감격스러웠다. 아, 이렇게 끝이 오는구나!

다들 열심히 해 줘서 감사했다. 무엇보다 모두가 글쓰기에 자신감과 용기를 얻은 것 같아서 큰 보람을 느꼈다. 나 또한 처음 혼자서 문집을 만드는 것이라 걱정되고 힘들고 두려웠는데, 다들 나를 믿고 의지하니 항상 '걱정하지 마시라! 하면 다 됩니다!'라고 큰소리치며 오히려 더 용감해졌다. 시행착오는 당연히 겪는 것이고, 행여 부족한 부분이 있으면 어떤가. 처음이니 다음에 더 잘하면 되지. 그렇게 우리는 각자 그리고 함께 성장했다. 고맙다고 미안하다고 인사하는 분들이 참으로 고마웠다. 그렇다. 다 된다. 다 할 수 있다.

이렇게 우리 모임의 첫 번째 문집 「홀로 당당하게 함께 따뜻하게」가 세상에 나왔다. 책 제목은 앞으로 내가 살아갈 방향을 제시하는 문구다. 각자 글을 쓰며 우리는 함께 성장했다. 그 가운데 내가 있다니! 감격스러웠다. 글쓰기는 이렇게 나의 인생 친구가 되어 간다. 글을 쓰며 자신을 성찰하고 상대를 이해하고 배려하고 함께 성장하는 경험을 하면서 앞으로 내가 해야 할 일이 무엇인지 확인하게 된다. 공부해서 남 주자!

고개 들어 세상을 보다

큰딸의 기말고사가 끝난 주말, 온 가족이 미술관에 갔다. 입구에서 표를 사며 미술관 직원과 잠깐 대화를 나누었다.

"아이가 고3이에요?"

"네."

"여기 올 시간이 있어요?"

"네, 어제 시험 끝나고 오늘 하루 잠깐 머리 식히려고요."

"고3인데 수능시험 공부하려면 바쁘지 않아요?"

"쉬어 가며 해야죠. 아이가 어떻게 맨날 공부만 하겠어요."

"맞습니다. 즐겁게 관람하세요."

무더위에 차 밖의 온도는 39도지만 미술관 안은 시원하다. 엄마는 김홍도의 〈마상청앵〉 앞에서 발걸음을 잠시 멈추고, 큰딸은 김홍도의 작품을 꼼꼼히 둘러본다. 영주님은 역시나 아빠 손을 잡고 잘 따라다닌다. 관람객이 얼마나 많은지 파도처럼 밀려 자동으로 이동하는 느낌이다. 수능에 지친 큰딸이 그림을 보며 잠시나마 위안을 얻으면 좋겠다. 예술적 감동은 지치고 메마른 이성을 촉촉하게 적셔 주고 헐레벌떡 뛰어가던 사람도 잠시 쉬어 가게 만든다. 고3 수험생은 수능 공부만 해야지 한가하게 문화 공간에 드나들면 안 되는 듯한 사회적 분위기, 오히려 고3이니까 이런 곳에도 와서 잠시 쉬어야 하는데 말이다. 우리 교육이 어디로 가는 건지. 교육을 어떻게 해야 할지 잠시 생각하게 되었다.

사람을 변하게 하는 사랑의 지역아동센터

두 개의 그림을 보여 주는데, 분명히 다른 사람의 것이다. 추운 겨울 민원 때문에 현장 점검을 갔다가 꽁꽁 언 몸도 녹일 겸, 그동안 못 뵈었던 센터장님에게 인사도 드릴 겸 지역아동센터에 전화를 걸었다. 마침 센터장님이 사무실에 있었고, 최근에 있었던 놀라운 경험이라며 신이 나서 얘기해 주셨다.

"의원님, 글쎄 우리 아이가 이렇게 달라졌어요!"

처음엔 아이의 담임 선생님이 밥만 좀 챙겨 달라고 부탁해서

받았다고 한다. 그런데 알고 보니 밥만 문제가 아니었다. 아침에 등교를 안 하니 데리러 가야 하는 아이였다. 공부는커녕 친구들과 어울리는 것조차 힘들어하던 아이는 눈빛도 행동도 아이들과의 관계도 좋지 않았다. 그런 아이를 하나하나 가르치고 달래고 돌봐주다가 너무 힘들어서 포기할까 여러 번 고민도 하셨단다. 하지만 1년 만에 아이는 새로운 사람이 되었다. 센터장님은 아이가 너무 기특하고 예쁘단다. 아침을 굶고 점심은 그나마 학교 급식 덕분에 챙겨 먹지만 저녁은 라면으로 대충 때우거나 먹지 못하고 방안에서 혼자 밤을 새우며 게임을 하던 아이였다. 물리적으로는 엄마 아빠가 존재하지만 없는 것만 못한 환경이었고, 사랑을 받아 보지 못해서 사랑도 감사도 표현할 줄 모르고 부끄러워하던 아이였다.

"진작 알았으면 더 좋았을 텐데. 그래도 다행이에요."

그나마 6학년 담임 선생님이 아이에게 관심을 주고 지역아동센터와 연계해 준 덕분에 한 아이의 인생이 바뀌었다. 아이는 1년 전 넓은 영역도 경계선을 넘어 엉망으로 색칠하던 만다라를 이젠 세밀하고 정교한 부분까지 깔끔하고 꼼꼼하게 색칠한다. 완전히 다른 만다라 두 장을 보며 센터장님의 행복한 경험을 함께 누렸다. 사랑으로 아이를 돌보고 키우는 지역아동센터 센터장님을 보며 우리 사회에 아직도 선한 마음을 가진 분이 더 많음을 느낀다. 이런 분이 많아져야 세상이 더 아름다워지는데.

책 읽는 가족

"책 없는 방은 영혼 없는 육체와도 같다."

플루타르코스의 「영웅전」에서 읽은, 로마 천년 사상 가장 위대한 인물로 꼽히는 정치가이자 웅변가인 키케로의 말이다. 그런데 정작 나는 아이들 어린 시절에 특별히 책을 읽어 주지도 않았고 지금도 책을 보라고 강요하지 않는다. 나는 어릴 때 교과서와 문제집, 학습지를 제일 좋아했다. 이상하겠지만 진짜 그랬다. 따로 인문학 서적을 읽지 않았다. 위인전이나 읽었을까? 오히려 어른이 되고 사회생활을 하면서 인문학의 중요성을 절실하게 느끼고 뒤늦게 열심히 읽는 중이다. 때가 되어 본인이 필요를 느끼면 알아서 책을 읽겠지만, 그래도 주위 환경과 분위기가 아이들의 독서에 도움이 되면 좋겠다는 생각이다. 세상은 넓고 배울 건 많고 읽을 책은 넘치니 조금이라도 더 일찍 접하면 좋지 않을까. 이런 점에서 '책 읽는 가족'이란 주제로 강의하던 부부 강사가 기억난다. 아빠 강사님은 대학에서 철학을 전공했는데, 졸업 후 잘 다니던 회사가 구조조정에 들어가는 바람에 파업에 참여할 수밖에 없었다. 생각보다 파업이 길어지고 힘든 과정을 겪으면서 자신과 가족을 지키기 위해 다시 책 읽기를 시작했다. 책 읽어 주는 엄마 강사님은 프로그래머로서 잘 나가던 10년간의 직장 생활을 그만두고 두 아이와 함께 도서관에 다니기 시작했다. 책을 읽다가 글을 쓰게 되었고 지금의 강사가 되었다며, 책 읽기의 가장 큰 수혜자가 결국은 아이들에게 책을 읽어 준 엄마 자신이었다고 웃으며 말했다. 바람직한 분위기의 가정은 아이뿐만 아니라 어른도 성장하게 한다는 걸 느꼈다. 가정과 사회가 건강하면 그 속에서 자라는 우리 아이들은 건강하게 잘 클 수밖에 없지 않을까?

정치인이 모범이 되는 나라를 꿈꾸다

뛰어난 지성과 품성으로 국민을 위해 봉사하며 존경과 사랑을 받아야 할 분이 이 시대엔 거꾸로 가장 많은 비난과 질타를 받는 것 같다. 국가적 재난 상황이나 선거 기간 동안 언론에 비친 그들의 모습은 우리에게 많은 실망을 안겨 준다. 아마 많은 분이 기억할 것이다. 평소 얼마나 행동을 조심하지 않았으면 수해 복구 현장에서 봉사 활동을 하기 전에 의원들끼리 나누는 당부의 말이 그랬을까. 현장 체험학습을 가는 어린이집 아이들도 그러지는 않을 텐데 말이다.

"장난치거나 농담하지 말고. 셀카 찍지 말고."

"비 좀 왔으면 좋겠다. 사진 좀 잘 나오게."

군군신신부부자자(君君臣臣父父子子), 우리는 각자 주어진 몫과 역할과 책임을 다해야 한다. 국회의원이든 지방의원이든 정치인이 된 이상 자신의 위치에 맞게 처신하도록 늘 신독(愼獨)하는 마음으로 스스로 살피면 좋겠다. 인간이 어찌할 수 없는 천재지변이라고 수습에만 급급하다가 다음에 그런 일이 또 발생하면 어찌할 텐가. 설마 하며 방심하다가 사고가 터지면 뒤늦게 또 위로하고 봉사하러 갈 텐가. 십 년, 백 년이 걸리고 예산이 많이 들어도 근본적인 대책 마련을 위해 고심해야 할 것이다. 연구해서 방법을 찾아내고, 안 되면 대안을 모색하고, 어떤 방법으로든 힘써 해결하는 게 정치인이 할 일 아닐까. 봉사라는 말은 무겁고도 귀하다. 개천에 나가 담배꽁초와 쓰레기를 줍고, 김장철 배추 몇 포기 치대고 돌아서면 끝나는 그런 일이 아니다.

"하는 시늉만 내고 사진 찍고 가 버리네."

빈정대는 소리가 귀에 쟁쟁거려서라도 보여 주기식 봉사는 하지 않으면 좋겠다. 정치인은 봉사자들이 보람과 자부심을 가지고 기꺼이 봉사할 수 있는 환경과 지원책, 개선책을 마련하기 위해 더 고민해야 할 것이다. 정기적으로 온전히 봉사 활동에 참여하면서 봉사 본연의 가치와 필요성을 느끼는 것도 좋을 것 같다. 종종 지방의원들이 이런 말을 한다.

"지방의원은 정치인이 아니라 주민을 위한 봉사자입니다."

그런 마음이면 정치인이 되지 말고 그냥 봉사만 하면 된다. 잠깐 봉사하기 위해 오며 가며 귀한 반나절을 보낼 그 시간에 정치인은 국민을 위한 정책, 사업, 예산, 법률을 공부하고 연구하면 좋겠다. 봉사의 가치를 폄훼하는 것이 아니다. 봉사하는 그 마음가짐으로 한정된 시간에 국민의 행복한 삶을 위해 더 큰 일과 더 나은 일을 하길 바라는 것이다. 정치인이 우선으로 할 일이 무엇인지, 같은 시간에 무엇에 더 중점을 둬야 하는지 알아야 한다는 것이다. 우리는 그런 일을 하라고 당신을 뽑았다.

아울러 내가 뽑은 정치인이 제대로 공무를 수행할 수 있도록 사사건건 동네에 왜 얼굴도 안 비추는지, 행사하는데 왜 인사하러 안 오는지 일일이 찾지 않으면 좋겠다. 그런 곳에 시시콜콜 다 쫓아다니며 인사하는 정치인이 대체 무슨 큰일을 제대로 할 수 있을까. 같은 정당은 물론이고 서로 다른 정당의 정치인들도 반목하지 않고 긴밀하게 대화하고 협의하며 오로지 국민을 위해 일하는 모습을 보고 싶다. 국민에게 꼭 필요한 정책을 논의하고, 법을 만들고, 현장을 뛰어다니느라 바쁘고, 그러고도 행여 남는 시간이 있다면 자기 계발과 성장을 위해 의원실이나 도서관에서 밤늦게까지 공부하는 모습을 보여 주면 좋겠다. 그것이 국민이 진정으로 사랑하고 존경할 만한 정치인의 모습이라 생각한다.

새마을운동은 철학이 있는 실천적 운동이다

우연히 새마을협의회 회장님을 만나 이야기하다가 고(故) 박정희 대통령의 새마을운동 육필 연설문 초고를 보게 되었다. 학교 다닐 때 배운 새마을운동은 근면·자조·협동 정신으로 가난한 국민이 한번 잘살아 보자고 시작한 운동 정도로만 알고 있었다. 그런데 새마을운동 관련 원고에서 자신감과 열정과 실천을 강조하고, 나 혼자만이 아닌 모두 함께 잘 사는 사회, 오늘뿐만 아니라 내일을 나뿐만 아니라 후손을 생각하는 마음과 사랑과 품격과 여유를 느낄 수 있는 삶까지 강조하는 그분의 큰 뜻을 읽게 되었다.

유한한 자원을 사용하기에 함부로 퍼 주지 않고, 스스로 노력하는 이들을 지원하고 보상하며, 그 시대에도 과학적 영농을 중시한다. 이를 위해 엄격하고도 책임감 있는 정책 발굴과 지원, 공무원의 소명과 책임을 힘주어 말한다. 무엇보다도 근면·자조·협동이라는 정신 계발과 정신 혁명을 강조한 매우 철학이 있는 운동이 새마을운동이란 걸 알게 되었다. 연설문 초안을 직접 써 내려가며 썼다 지웠다 고민한 흔적에서 국가와 국민에 대한 그분의 깊은 사랑을 느낄 수 있었다. 한 인물의 공과는 역사와 위대한 국민이 판단하리라.

거의 한자로 쓰여 있는 까닭에 이 좋은 내용을 한글세대가 쉽게 읽을 수 없을 것 같아 한글로 모두 옮겨서 새마을협의회 회장님에게 보내드렸다. 엄청 뿌듯했다.

한동훈 전 장관의 빨간 책으로 유명해진 「펠로폰네소스 전쟁사」의 페리클레스 연설 못지않게 훌륭한 박정희 대통령의 연설문이다. 국민을 위한 정치보다 내 편 네 편 갈라져 자신과 자신이 속한 정당의 특권을 챙기는 데 급급하고, 보좌관이 써 준 원고 하나도 제대로 이해하지 못해 버벅대며 읽는 이 시대의 정치인과 헬조선을 외치는 비관적이고 부정적인 이들이 읽어 볼 만한 감동적인 글이라고 생각한다. 우리 모두 나 너머의 우리, 현재뿐만 아니라 미래를 생각하는 훌륭한 국민이 되면 좋겠다.

파이데이아, 다시 하는 공부

책 모임에서 가을 이벤트로 파이데이아 원장님을 찾아 팔공산에 갔다. 그날 '위대한 저서 읽기 프로그램'이란 걸 알게 되고 이후 다시 공부하는 내가 되었으니, 돌아보면 그날은 내게 운명적인 날이었다. 사람 인연이란 게 뭔지 참 신기하다. 수년 전 괜찮은 독서 모임이 있는지 물어봤을 때 파이데이아에 대해 말한 분이 있었는데, 그분이 바로 이 책 모임의 회원이었다. 내가 한창 홍보 기자 활동을 할 때 클래식 공연 취재차 공연장에 갔는데 내 옆자리에 중년의 남성 한 분이 앉아 있었다. 이런 공연을 중년 남성이 혼자 와서 보는 게 신기하기도 했는데, 그분은 페이스북 친구라며 이미 나를 알고 있다고 했다. 잠시 기억을 더듬다가 공연 전 이런저런 얘기를 나누게 되었다. 그러다 당신이 회장을 맡고 있는 책 모임에 초대하고 싶다고 하길래 그러시라 했는데, 얼마 후 진짜 연락이 왔다. 모임에 가 보니 파이데이아를 얘기하신 그분뿐만 아니라 예전부터 알고 있던 모 대학

교수님도 계셨다. 벌써 그 모임에는 내가 아는 사람이 세 명. 세상에 어떻게 이럴 수가 있는지. 바로 회원 가입을 했다. 신기한 건 파이데이아 원장님이 우리 책 모임 회장님의 대학 은사님이었고 결혼식 주례까지 하셨다고 한다. 이런저런 인연이 줄줄이 이어져 드디어 파이데이아를 방문하게 된 것이다. 세상은 넓고도 참 좁다. 언제 어디서 어떻게 만나게 될지 모르니 무조건 착하게 살고 볼 일이다.

파이데이아에서의 행복학 강의

그날 파이데이아 원장님에게 한 시간 남짓 행복에 관한 강의를 들었다. 파이데이아에는 12년 동안 함께 읽고 토론할 고전이 이미 다 정해져 있다. '고전'이라는 말이 오래된, 옛날의, 고리타분한 책을 의미하는 것 같아 파이데이아에서는 고전을 고전이라 하지 않고 '위대한 저서'라고 말한다. 알고 보면 고전의 내용은 언제나 현대적인데 말이다.

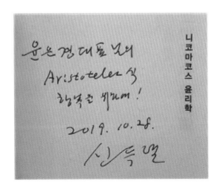

이날 원장님은 위대한 저서 중 하나인 아리스토텔레스의 「니코마코스 윤리학」에 대해 강의하셨다. 이 책은 객관적인 행복이 무엇인지 알려 준다. 평상시 너무도 쉽게 자주 말하는 '행복'은 사실 각고의 노력을 다한 사람만이 할 수 있는 묵직한 말이라 한다. 아리스토텔레스식으로 행복하기 위해서는 다섯 가지 조건이 필요하다. 먼저 내 몸 바깥에 친애, 얼마간의 재산, 사회적 지위라는 세 가지가 있어야 한다. 친애는 가족, 친구, 연인과 같은 소중하고 가까운 사람을 말한다. 얼마간의 재산은 어떻게 생각하면 참으로 모호한 말이지만, 재산이 많을수록 돈의 노예가 되고 재산이 없으면 하고 싶은 걸 할 수 있는 자유가 없기에 너무 많지도 모자라지도 않은 얼마간의 재산이 필요하다. 사회적인 지위는 신분이나 계급이 없는 요즘 시대에는 직업이라 생각하면 된다. 다음으로 내 몸 안으로는 지적인 탁월성과 도덕적 탁월성 두 가지가 필요하다. 이 두 가지는 친애나 재산, 직업처럼 잃어버릴 염려는 없지만 갖추기가 힘들다. 특히 도덕적 탁월성은 엄청난 절제와 관리가 필요하다. 이렇게 친애, 얼마간의 재산, 사회적 지위, 지적인 탁월성, 도덕적 탁월성의 다섯 가지가 충족될 때 비로소 인간은 객관적으로 행복하다고 할 수 있으니, 아리스토텔레스식으로 보면 행복하다는 말을 함부로 할 수 없다.

　원장님과 함께 지성과 감성이 넘치는 뿌듯한 가을밤을 보내며 어두운 밤에 마치 한 줄기 빛을 보는 듯한 느낌이 들었다. '파이데이아'는 그리스어로 '교양, 교육'이라는 뜻인데 플라톤은 인간이 저승에 갈 때 이승에 있는 것 중 가져갈 수 있는 유일한 것이 바로 파이데이아라고 한다. 나는 이 세상을 떠날 때 무엇을 가지고 갈까? 평소에 하지 않았던 생각을 하게 되었고, 왠지 모르게 파이데이아와도 인연이 이어질 것만 같았다.

고전 읽으러 파이데이아로 출발

다음 해 파이데이아 1년 차 반이 개설된다는 소식을 들었다. 곧바로 팔공산에 올라가 수강 신청을 하고 첫 번째 저자인 호메로스의 「일리아스」와 「오뒷세이아」 두 권을 샀다. 파이데이아 독서 토론은 총 12년 과정이니 호흡을 길게 하고 꾸준히 읽어 나가야 한다. 끈기와 집념의 달인 윤은경에게 딱 맞는 공부다. 가슴이 뛰었다. 이 나이에 이렇게 가슴 설레는 일이 생기다니! 그것도 사람이 아닌 어렵고 두꺼운 책에 말이다. 내 인생이 어떤 방향으로 이어질지 기대하며 그렇게 2020년 1월, 새로운 공부를 시작했다! 매주 목요일 오전이면 아침부터 바빴다. 파이데이아의 신득렬 원장님, 일명 팔공산 할배의 말씀은 은근히 웃긴다.

"파이데이아 다니면서 책은 가방에 넣어 다니면 안 되고, 항상 이렇게 '보이게' 가슴 앞으로 들고 다녀야 해요! 차에 두고 다닐 때도 자리에 던져 놓지 말고 앞 유리 아래 '잘 보이게' 놓으세요. 나로 인해 다른 사람도 지적인 세계에 들어오도록!"

'네! 저 혼자 잘나지 않고 모두가 함께 잘나도록 노력할게요! 지식의 섬이 커질수록 미지의 해안선은 늘어난다고 하니 부지런히 나아가되 항상 겸손하겠습니다!'

12년 과정의 파이데이아를 졸업하려면 시간이 무척이나 오래 걸린다. 물론 건강하게 오래 살아야겠지만 내 건강도 팔순의 원장님 건강도 아무것도 장담할 수 없다. 혹시라도 다 끝내지 못하면 어쩌나 싶어 가능한 한 책 읽는 기간을 단축하고 싶었고, 읽다 보니 호기심도 많아져 다른 반 수업도 같이 듣기로 했다. 1년 차 목요반 책을 읽으며 3년 차 금요반과 5년 차 토요반 수업의 책도 같이 읽었다. OB반 졸업한 선배님들의 요청으로 원장님이 존 듀이의 「민주주의와 교육」을 특별히 같이 읽는다기에 그 수업까지 들을 때는 일주일에 네 번이나 팔공산 할배에게 달려갔다. 정말 미친 듯이 닥치는 대로 책을 읽은 것 같다. 매주 읽어야 할 절대적인 분량이 있었기에 늘 나의 가방과 차에는 벽돌처럼 무거운 고전들이 실려 있었고, 틈날 때마다 시간을 쪼개 가며 책을 읽었다. 덕분에 대학원에 가야겠다는 엄청 난 생각까지 하게 되었다. 향후 고전이든 신간이든 독서 토론을 이끌고 교육 관련 강의나 사업을 하려면 나 자신에게 먼저 교육에 대한 확고한 철학이 있어야 한다는 생각이 들었기 때문이다. 존 듀이의 책은 그 필요성을 더 절실히 느끼게 해 주었다. 그리고 2년 가까이 세 개 반의 파이데이아 책을 빡빡하게 읽으며 진도를 단축해 이젠 9년 차 반에서 3년 뒤 졸업을 기다리며 비교적 느긋하게 책 읽기를 즐기고 있다. 어느덧 독서는 밥 먹고 물 마시듯 내 생활의 일부가 되었다.

내 인생의 전환점이 된 고전 읽기. 사람들은 저마다 자신이 가장 힘들고 외롭고 고통스럽다고 생각하며 벗어날 방법을 찾기 위해 애쓴다. 하지만 막상 해결하기 위해 낯선 환경에 처하거나 익숙하지 않은 새로운 일을 해야 할 때면, 겁을 먹거나 너무 늦은 건 아닌지 사서 걱정한다. 그냥 살던 대로 살아야겠다고 생각하거나, 지금 가진 것을 포기하고 싶지 않은 욕심에 결국은 벗어나지 못하는 경우가 많다. 나는 정말 내가 하고 싶은 일을 하며 행복하게 살고 싶다. 행복을 찾아 여기저기 기웃거리며 이것저것 찾아봤지만 행복은 내 안에 있었다. 힘들고 부정하고 싶은 현실일지라도 직시해야 한다. 내 마음을 조용히 들여다보고 숙고하며, 내가 가장 잘할 수 있고 가장 좋아하는 일을 선택해 그에 집중하는 게 정답인 것 같다. 만천하에 소문내어 부끄러워서라도 포기하지 않고 그냥 꾸준히 하면 된다. 그 과정에서 진정한 행복을 느낄 수 있다.

고전하던 중 여백 소녀와 만남

새로운 책을 읽을 때마다 몹시 설렌다. 열심히 책을 읽기 전에는 나 자신이 무엇을 모르는지조차 몰랐다. 책을 읽으며 내가 모르는 게 이렇게나 많았는지 새삼 놀란다. 알면 알수록 왜 모르는 것이 더 많아질까? 모르는 것투성이인 초라한 나의 모습에 이제껏 좀 안다고 뻐기며 자만하던 모습이 생각나 몹시 부끄럽다. 신체적 지적 능력의 한계를 느낄 때면 속절없이 흐르는 시간이 아깝다. 노안이 오면서 눈이 항상 피곤하고 아파 이젠 책을 마음대로 오래 읽을 수 없어 속상하다. 젊을 땐 집중해 한 번만 봐도 쉽게 외우던 것을 이제는 두어 번 읽어도 금방 다 잊어버린다. 잠을 줄이며 깡으로 버티던 체력도 이젠 다 되었는지 눈꺼풀 하나가 세상에서 제일 무거운 역기가 되어 버렸다.

이런 내게 충격과 감동으로 불쑥 다가온 이가 있었다. 여백서원과 괴테 하우스를 세운 전 서울대학교 독어독문학과 교수님이자 평생을 괴테 문학 연구와 번역에 매진하는 전영애 교수님이다. 홀로 맨손으로 그 넓은 정원의 잡초를 정리하는 교수님이 안타까워 책 모임의 회장님이 제초기를 준비해 더운 여름 여백서원을 찾는 데 동행했다. 땀을 뻘뻘 흘리며 정원을 말끔히 정리하는 우리 회장님의 모습에 교수님은 물론이고 나 또한 감동했다. 한 시간 남짓 전영애 교수님의 삶과 철학에 대해 들었다.

"난 죽을 시간도 없이 바빠요. 내 노후의 직업은 박수 쳐 주는 사람이에요. 요즘 헐뜯는 사람은 많은데 칭찬하는 사람은 흔치 않잖아요. 모두 자기가 제일 힘든 줄만 알지. 그런데 안 힘든 사람은 하나도 없어요. 천재는 노력과 끈기로 만들어져요. 괴테가 그런 천재예요. 겸손해야 하는데 내가 알고 있는 걸 나 혼자만 알고 죽기엔 너무 아까워서 자꾸 말이 많아져요. 내가 이렇게 사는 이유이기도 하고요."

그리고 일 년 뒤 전영애 교수님이 괴테의 「파우스트」를 강의하러 우리 대학에 오셨다. 당신 몸집만큼 커다란 짐 가방에 한 권에 15kg이나 되는 빨간 양장본의 파우스트를 비롯해 괴테 번역서들을 차곡차곡 넣어 달달달 끌고 버스를 타고 오셨다. 여전히 교수님은 괴테 작품을 번역 중이고 맨손으로 밭일을 하고 후학들에게 자신의 공간과 마음과 지혜를 나누어 주신다.

맑은 사람을 위해, 후학을 위해, 시를 위해 공부하는 소녀 같은 교수님을 보면 나 자신이 너무 부끄러워진다. 힘들다고 낑낑대지 말고, 군소리 말고 감사한 마음으로 공부해야겠다.

대충 편하게 살아도 되겠지만

온 가족이 함께 처음으로 새해 해돋이를 보겠다는 일념으로 12월 31일 오후에 먼 길을 나섰다. 고속도로를 쌩쌩 달리는데 그해의 마지막 선물이 도착했다.

"얘들아, 여보! 나 대학원 합격했다!"

어렸을 땐 공부하는 걸 참 좋아했다. 어쩌면 초·중학교 시절에 전라도와 경상도를 가로지르며 전학을 다녀 왕따도 당하고, 친구 사귀는 것도 힘들어 나름 살아남기 위해 취한 방법이었는지도 모른다. 나를 증명할 수밖에 없었던 공부였는데 하다 보니 내 적성에 딱 맞았고 성취감도 컸다. 결국 공부는 나의 가장 큰 무기가 되었다. 나이 들면서 삶에 찌들고 찌든 삶에 또 익숙해지고 돈과 사람에 허덕이며 정신없이 살다 보니 내가 좋아하던 게 뭐였는지, 지금 하는 이 일을 내가 좋아하고 있는지조차 생각하지 않고 그냥저냥 살아왔다.

'남들이 흔히 말하는 스펙? 나야 이만하면 됐지'라는 생각으로 석박사 학위나 쓸데없는 최고위 과정은 나랑 아무 상관 없다고 자신만만했다. 그러다가 파이데이아를 통해 내가 정말 좋아하는 게 뭐였는지 생각했다. 대학 졸업 후 결혼하고 다시 수능을 공부해 입학한 사범대학을 잠시 다니다가 포기한 뒤 일만 하며 살아온 날들을 돌아보게 되었다. 앞으로도 30년은 무슨 일이든 해야 한다. 내가 제일 좋아하고 잘하는 건 공부고, 철학이나 고전이나 교육과 관련된 공부라면 지금도 늦지 않았으며 오히려 나이 들수록 더 나을 것이라는 생각에 도전했다. 그리고 연말에 합격 소식을 받았다. 친하게 지내던 언니가 언젠가 내게 말했다.

"우리 은경이는 미련 없이 딱 잘 접네. 역시 똑똑하다! 보통 정치라는 걸 한 번 경험하면 그게 자꾸 하고 싶어서 안 돼도 또하고 또 하고 또 하려고 계속 덤비다 패가망신하는 사람이 많은데."

"어허, 난 똑똑해서 그런 짓은 안 하지. 세상엔 내가 꼭 해야할 일이 있는 것 같아. 누구보다 내가 더 잘할 수 있는 일! 그런 일을 하다 보면 기회가 또 오겠지. 준비되어 있으면 기회는 잡을 수 있는 거고. 기회가 안 오면 하던 일 하며 살면 되고."

그래서 다시 학생이 되다

간만에 수강 신청이란 걸 한다고 혼자 난리가 났다. 학교 홈페이지 회원 가입부터 안 되니 뭐가 문제인지 몰라 우왕좌왕했다. 아! 순간 나도 잊고 살았던, 1년도 못 채우고 자퇴한 경북대학교 사범대학 영어교육과 학번이 기억났다. 맞다. 이미 난 학교에 회원 가입이 되어 있었다. 그렇게 겨우 로그인했다. 하지만 교육학은 전혀 모르는 분야라 어떤 과목을 들어야 할지 난감했다. 전공 교수님에게 조심스레 문의 메일을 보냈더니 바로 전화가 왔다. 서양철학을 전공한 교수님은 나보다 고작 다섯 살밖에 많지 않았다. 내 나이가 이젠 정말 많다는 걸 실감하게 된다. 교수님과의 통화는 30분 넘게 이어졌다. 교육철학을 공부해 보자는 막연한 생각만 했지, 교육학과에서 무엇을 배우는지 알아보지도 않았고 무엇을 연구할지도 구체적으로 생각하지 않은 상태였다. 교수님에게 두루뭉술 어리숙한 질문을 할 수밖에 없었는데 친절하게 대답해 주셔서 감사했다. 일반 대학원이라 수업이 낮에 진행되면 일정을 어떻게 조정하나 걱정했는데, 다행히 모든 수업이 저녁에 있어 회사 일과 파이데이아 공부 시간을 나눠 쓸 수 있어 가슴을 쓸어내렸다. 역시 쓸데없는 걱정은 할 필요가 없다. 시간표를 짜며 빡빡한 한 주의 일과를 보니 괜히 흐뭇했다.

두려움과 자신감, 비겁함과 무모함의 중용은 용기인데, 나는 지금 용감한 것이 아니라 다소 무모한 쪽인 것 같아 이래도 될지 걱정도 되지만 한번 해 보는 거다. 돈키호테에게 둘시네아가 있듯이 내겐 마음의 마법사가 있어 남들과 달리 하루 48시간이나 있으니까. 그나저나 월, 수, 목 사흘은 수업 때문에 우리 식구들이 각자 저녁을 해결해야 해서 미안한 마음이 들었다. 알아서 할 테니 염려 말라는 식구들이 고마웠다.

막상 대학원 수업을 들어 보니 읽을 책도 많고 매주 그리고 시험 기간에 제출해야 하는 과제도 있어 생각보다 쉽지 않았다. 예전에는 참 똑똑했는데 암기력도 기억력도 예전만 못하고 늙은이가 다 됐다. 회사 일과 집안일, 독서 모임과 단체 활동도 많은데, 이러다가는 공부에 집중 못 하고 세월아 네월아 시간만 보내겠다 싶었다. 더 늦기 전에 가능한 한 빨리 공부를 끝내는 게 좋겠다는 생각에 3학기 조기 졸업을 목표로 열심히 달렸다. 수업도 졸업 시수 맞춰 빡빡하게 듣고 과제도 열심히 해서 전 과목 A+ 만점을 받았다. 2학기를 끝내고는 겨울 방학에 토익 공부를 시작해 두 달 동안 매일 밤 RC를 공부하고 차에서도 LC를 무한 반복해 들은 결과 거의 30년 만에 치른 토익 시험에서 외국어 시험 면제 가능한 점수를 받았다. 주말 아침 일찍 일어나 토익 시험을 치고 돌아오는데, 차에서 음악을 듣는 순간

울컥하더니 갑자기 울음이 터졌다.

'내가 정말 미쳤지. 대충 편하게 살면 되는데 왜 사서 이 고 생을 한담.'

이어진 종합시험 세 과목도 시험 며칠 전에 벼락 치듯이 공부 해 합격했다. 그 와중에도 많은 일과 사람 그 어느 하나도 놓 치지 않으려고 애쓰는 내 모습에 뿌듯하면서도 힘들고 안쓰러 워 운전하거나 새벽에 책을 보며 혼자 울기도 참 많이 울었다.

'잘하고 있다. 조금만 더 가자.'

빨리 졸업하고 싶었다

졸업을 위해 남은 건 석사 논문 하나였다. 논문 접수 기간에 맞춰 거의 한 달 동안 하루 두세 시간 자면서 논문 초고를 썼다. 하지만 교수님의 탐탁지 않은 마음을 여실히 느낄 수 있는 피 드백과 한 학기 더 시간을 두고 천천히 쓰라는 조언 아닌 조언 에 막막했다. 괜히 억울하고 나 자신이 무능하게 느껴져 속상했 다. 하지만 운 좋게도 심사위원으로 논문을 봐 주시던 다른 박 사님의 조언을 듣고 유레카를 외쳤다. 논문의 방향을 바꾸기로 결심하고 눈물을 머금으며 갈아엎다시피 논문을 다시 썼다. 잠을 거의 못 자며 논문을 고쳐 쓰고 바로바로 피드백을 주고받던 어느 날, 지도교수님도 박사님도 내 논문이 몰라보게 좋아졌다며 응원의 메시지를 주셨다. 논문 심사 마감이 며칠 남지 않아 가슴 졸이며 기다리는데, 드디어 논문 합격 통보가 왔다. 대신 원본 파일을 올리는 마감일까지 계속 수정 보완해야 한다는 교수님의 조건이 있었다.

"네, 당연히 그렇게 하겠습니다. 교수님, 감사합니다!"

내 노력을 믿고 시간을 주신 것이다. 전례 없다는, 힘들겠다는 교수님 말씀에 더 최선을 다했다. 그날의 기쁨을 어찌 인간의 언어로 표현할 수 있을까! 주변에서 석사는 대충하면 다 된다고 하는데, 나는 졸업 논문이 통과되기까지 무척이나 힘들었다. 지도교수님이 석사는 master, 곧 한 분야의 장인이라고 말씀하셨다. 그만큼 쉽지 않은 것이다. 내가 우리 전공 3학기 첫 조기 졸업생이라는 교수님 말씀에 으쓱했다.

논문 원본 파일을 올리고 제본해 제출할 때까지 끝까지 나를 믿고 기다려 주신 김상현 지도교수님과 아낌없는 응원과 조언을 해 주신 송수진 박사님에게 진심으로 감사드린다. 이 은혜를 어찌 갚을 수 있을까. 내가 행여라도 포기할까 봐 전전긍긍

하며 밤에도 새벽에도 논문 쓰는 나를 걱정하며 주무시지 않고 나를 격려해 주신 분, 논문 합격 소식을 가장 먼저 알려 드린 분이 있다. 바로 백권호 전 영남대학교 경영학과 교수님이다.

"오늘 왜 이렇게 이쁘세요?"

"안 꾸며서 그렇지 제가 원래 이쁘거덩요!"

"데이트하러 가세요?"

"네! 오늘 사랑하는 우리 아부이랑 데이트해요!"

"어머, 아버지랑 데이트요?"

"네! 아부이 만나 데이트해요."

파이데이아에서 함께 책 읽는 선생님이 물어보신다. 내가 힘들어할 때 귀신같이 알고 매번 나를 일으켜 세워 주신 백권호 교수님. 내겐 소크라테스의 다이몬과 같은 존재다. 지적인 의미의 아버지이자 수호자인 그런 교수님과 함께 냉면을 먹기로 약속했다. 식사하고 차를 마시며 귀한 말씀까지 더해 주셨다. 감사하는 마음에 자존감이 생긴다. 나 자신부터 사랑할 줄 알아야 이타심도 생기고 공공선을 추구할 수 있다. 계속 공부하려면 건강부터 잘 챙겨야 한다며 늘 내 건강을 염려하신다. 냉면 한 그릇으로 인생의 값진 교훈을 얻는 시간. 나도 교수님 같은 어른이 될 수 있을까. 난 진짜 인복이 많은 사람이다! 잘 살아야지.

논문이 통과되고 학과 모든 과제를 후딱 털어 버리고 싶어 듀이, 부버, 나딩스, 로티에 대한 논문을 읽고 3학기 마지막 기말과제를 일찍 마무리해 올리니 지도교수님이 메일을 보내 주셨다. 아! 나의 초심과 열심과 진심을 알아주시니 감사할 따름이다. 교수님께 그동안 너무 감사했다고 말씀드리며 표현할 수 있는 언어의 한계를 느낀다고 하니 막 웃으신다. 야호! 시원섭섭하다는 말이 이런 뜻이란 걸 새삼 깨닫는다. 그렇게 석사 3학기를 끝냈다.

찰리 채플린이 인생은 가까이서 보면 비극이지만 멀리서 보면 희극이라고 했는데 정말 그런 것 같다. 하나하나 생각해 보면 어찌 살아왔는지 어찌 살아가고 또 어찌 살 것인지 걱정이 가득한데, 우리는 고개마다 순간마다 잘 넘어가고 있다. 다음은 또 어디를 향해 가고 있을까?

사랑하는 사람, 고마운 그대, 때론 나를 힘들고 아프게 하는 당신, 그 모든 사람과 상황 덕분에 지금의 내가 있는지도 모른다. 감사하다. 요즘 자꾸 울보가 되는데, 아무 일 없다는 듯이 두 주먹 불끈 쥐고 몰래 눈물을 쓰윽 닦고는 활짝 웃으며 전진한다. 내가 정말 하고 싶은 일을 찾아 이루어 가는 과정은 힘들지만 신난다. 하루하루는 힘들어도 목표에 다가가는 나의 모습이 뿌듯하고 기쁘다. 작은 목표를 하나씩 달성하다 보니 세상에 할 수 없는 일은 없는 것 같다. 단지 시작하지 않고, 노력하지 않을 뿐.

석사까지만 하고 이제 힘든 공부는 그만할 거라 했는데, 다른 욕심은 다 접어도 공부 욕심은 계속 부려야 할 것 같다. 그렇다. 공붓벌레인 나는 다시 박사과정에 들어왔다. 세상의 모든 학문하는 이에게 경의를 표한다.

나의 공부를 응원해 주신 감사한 분에게
석사 논문을 드리던 날

3_ 고전을 읽는다는 것

고전을 읽으며 달라지는 나를 느낀다.
조금 더 느긋하고 넓어진다고 할까.

세상은 여전히 힘들고 슬프고 외롭다.
온통 불행으로 가득 차 있다.

하지만 내 마음을 바꾸면
어느덧 세상이 달리 보인다.
특별한 경우에만 느끼던 기쁨과 감사가
이미 일상에 차고 넘친다.

고전을 읽으며
조금씩 더 인간다워지는 나의 모습을
물끄러미 바라본다.

가을날 파이데이아에서 원장님과 함께

복수하는 가장 좋은 방법

나는 너무 힘든데 주변을 둘러보면 모두가 행복해 보인다. 왜 나만 불행할까. 이 고생과 고통은 언제쯤 끝날지 외롭고 슬프기만 하다. 그런데 나보다 먼저 살아온 분들이 말한다. 가만히 들여다보면 이 세상에 문제나 고민거리 없는 사람은 하나도 없다고. 외모도 능력도 취향도 어느 하나 같은 것 없는 개개인이지만 신기하게도 우리 삶은 거기서 거기 다 비슷하다. 어른들이 인생은 그런 거라고, 아무리 힘든 순간도 다 지나간다고 말할 때마다 나를 위로하려고 그냥 하는 말이라 생각했다. 믿고 싶지 않았다. 믿지 않기만 했을까. 듣기 싫어 애써 고개를 돌렸다.

하지만 고전을 읽으며 비로소 어른들이 하는 말이 대부분 일리 있다는 것을 깨닫게 되었다. 고약한 이 성격은 누군가에 의해서가 아니라 나 자신이 직접 경험해야 비로소 믿는다.

당신을 괴롭히는 것은
남이 아니라 남에 대한 당신의 판단이다

소크라테스 이후 가장 대중적인 고대 철학 중 하나로, 주어진 현실에서 어떻게 살 것인지를 생각하게 하는 인생철학이 바로 스토아 철학이다. 고등학교 윤리 시간에 배운 스토아 철학은 딸랑 '금욕주의' 네 글자로 정의되었다. 사람이 욕구와 쾌락을 참으면서 어떻게 행복해질 수 있는지 도무지 이해할 수 없었지만 그땐 그냥 외우는 수밖에 없었다. 어른이 되어 스토아 철학을 공부하면서 구구절절 이해되고 나도 모르게 탄식하며 공감하고 위로를 받았다.

스토아 철학은 신의 섭리나 우주를 지배하는 질서 속에서 인간은 운명 또는 필연이라는 굴레를 벗어날 수 없다고 본다. 하지만 자기 생각이나 행동은 스스로 통제할 수 있다. 자기 능력에 속하는 것은 이루기 위해 최선을 다하고, 능력 밖의 것은 과감하게 포기하며 살아감으로써 아파테이아, 즉 마음의 평정을 얻을 수 있다. 인간은 이성적인 존재이기에 마음먹기에 따라 자신의 행복을 만들어 갈 수 있다. 스토아 철학은 운명에 순응해 비관적으로 살 것이 아니라, 이성을 발휘해 자유 의지와 책임으로 인생을 긍정적으로 살게 한다. 모든 것은 마음먹기에 달려 있다는 자기 주도적인 철학이라는 점이 나는 참 좋다.

에픽테토스는 다리가 불구인 노예로, 후기 스토아 철학자로 유명하다. 그의 「편람」을 읽으면 신체 건강한 자유인인 내가 어찌 마음을 바르게 쓰지 않을 수 있을까 싶다. 에픽테토스는 주인에게 고문받다가 절름발이가 되었다고도 하는데, 그럼에도 불구하고 신체장애는 단지 몸이 불편할 뿐이지 무언가를 선택할 때 장애가 되지는 않는다고 한다. 나를 괴롭히는 것은 외적인 문제가 아니라 그것들로부터 생기는 나의 판단인 셈이다.

나는 카톡이나 문자를 쌓아 두지 않고 가능한 한 바로바로 확인하는 편이다. 카톡을 보내면 바로 답을 해 주는 사람도 있지만 한참 후에 대답하는 사람도 있고, 확인만 하고 아예 답을 주지 않는 사람도 있다. 그런데 그들에 대한 나의 반응이 사뭇 다르다. 어떤 사람은 답이 없어도 바쁘거나 이유가 있을 거라고 짐작하며 너그럽게 이해하는데, 어떤 사람은 답이 없으면 괜히 기분 나쁘거나 짜증이 난다. 똑같은 행위에 대해서도 사람에 따라 나의 기분이 달라지는 이유는 뭘까? 그들에 대한 나의 판단이 다르기 때문이다. 그동안의 경험이나 선입견이 작용해 내 마음대로 그 사람을 해석하기 때문일 것이다. 나의 카톡에 답할 수 없는 사정이 있을 수도 있고, 원래 누구에게나 답을 잘 하지 않는 사람일 수도 있는데 말이다. 주어진 현실에서 가능한 한 긍정적으로 생각하고, 상대가 아니라 상대에 대한 나의 판단이 어떤지 항상 점검해야겠다.

평온한 마음으로 나의 삶을 살자

에픽테토스의 영향을 받은 후기 스토아 철학자이자 로마 제국의 황제였던 마르쿠스 아우렐리우스의 「명상록」. 이 책은 부정적이고 소극적이었던 나 자신을 돌아보게 해 주었고, 어떤 힘든 일도 이겨 내야 하고 또 이겨 낼 수 있다는 용기와 희망을 주었다. 「명상록」을 읽을 때가 마침 가장 가까운 가족과 모임 회원과의 관계로 스트레스를 많이 받을 때였다. 사람은 모두 다르다는 걸 알지만 그들의 생각과 행동이 나의 상식과 이성적 판단에서는 도저히 이해되지 않았다. 아이들 보기에도 회원들 보기에도 부끄러운 상황이 잦았고, 더는 보고 싶지도 말도 섞고 싶지도 않았다. 존재 자체가 실망만 안겨 주는 그들을 내 마음에서 정리해야 하나 말아야 하나 고민하던 즈음, 「명상록」의 한 구절이 기가 막힌 해답을 주며 내 생각 자체를 뒤집어 놓았다.

"복수하는 가장 좋은 방법은 네 적처럼 하지 않는 것이다."

복수라는 말이 좀 극단적이라 대응이나 대처로 바꿔 생각했다. 단순 명쾌했다. 나는 당신과는 다르다. 당신처럼 하면 내가 당신과 똑같은 사람이 되는 거니 그렇게 안 할 것이다! 통 크게 생각하면 끝날 일이다. 관계를 정리하고 말고 할 필요도 없다. 그 사람은 그 사람대로 나는 나대로 살면 될 뿐이다. 다른 사람이 내게 기분 나쁜 행동을 하고 유독 나를 의식해 시기하거나 곡해하고 폄하하더라도 내게 직접적인 피해가 발생하지 않는다면 속상해하거나 신경 쓸 필요가 없다. 그건 그가 알아서 할 일이지 나와는 아무 상관이 없다고 생각하면 그만이다.

「명상록」은 처음부터 순서대로 정독하지 않고 시간 날 때마다 책의 어느 부분이든 펼쳐 읽어도 되는 책이다. 몇 줄 안 되는 짧은 문장의 글도 커다란 울림이 있어 자신의 경험에 비추어 곰곰이 생각하게 한다.

우울증으로 힘들어하고 사소한 일에도 예민하게 반응하는 현대인이 많다. 일희일비하는 인간의 모습은 전지전능한 신의 관점에서 안타깝고도 측은한 것이다.

"인생에서 일어나는 어떤 일에 놀라다니 이 얼마나 가소롭고 세상 물정 모르는 사람인가?"

아우렐리우스 황제는 어떤 일에도 눈 하나 꿈쩍하지 않는 '평정심'을 이렇게 단 한 줄로 설명한다. 그렇다. 우리가 사는 이 세상에는 크고 작은 사건 사고가 빈번하게 발생한다. 이 말을 달리 표현하면 아무 일도 일어나지 않는 것이 오히려 이상한 일이며, 세상은 원래 복잡 다양하고 새롭고 신기한 일이 가득하다는 것이다. 설사 인생에 예상하지 못한 일이 발생하더라도 전혀 놀랄 일이 아니다. 많은 일이 늘 그렇게 갑자기 생긴다.

운명을 받아들이자. 나에게 이미 주어진 것이라면 그건 나의 몫이다. 세상은 내가 감당할 수 있는 것만 가져다준다. 운명을 받아들이고 내 생각을 긍정적으로 바꾸는 것이 더 현명하다. 안 받아들이면 어찌할 텐가? 거부할 시간에 궁리하고 해결할 방법을 찾아 나서야 한다. 세상엔 안 되는 일은 없다. 단지 힘들 뿐이다. 쉽고 재밌는 일은 다 나쁜 일이라고 하지 않던가. 어렵고 지루하고 반복되는 일이야말로 우리를 성장하게 한다. 운명을 사랑하자. 대범하게 담담하게 기쁘게 마치 기다리던 손님을 맞이하듯이.

사람들을 괴롭히는 것은 사물이 아니라
그것들로부터 생기는 판단들이다.
죽음이 두려운 것은
그것이 두렵다고 판단하기 때문이다.

에픽테토스, 「편람」 중에서

완벽한 경험주의자

기숙사 생활을 하는 영주님은 금요일 오후 엄마를 만나는 순간부터 신난다. 집에 오는 차 안에서 주중에 학교에서 있었던 일을 조잘조잘 얘기하는 것으로 주말을 시작한다. 좋아하는 악기도 연주하고 뒹굴뒹굴 침대에 누워 게으름도 피우고 친구를 만나러 가기도 한다. 월요일부터 금요일까지 단체 생활을 하다 보니 감기에 자주 걸려 황금 주말인데도 며칠 동안 집에서 먹고 자고 공부하며 쉬는 때도 있다. 어느 날인가 남편은 약속이 있어 외출하고 영주님과 둘이서 저녁을 먹으며 모처럼 긴 시간 이야기를 나눴다. 아이의 속마음도 알게 되고 어느새 몸도 맘도 훌쩍 커 버린 녀석이 기특하고 대견했다.

"엄마, 난 엄마가 철학을 공부하는 걸 보고 사실은 충격받았어. 엄마가 공부를 잘했던 건 알고 있었지만, 새로운 것에는 별 관심 없고 늘 하던 일 하면서 안정적으로 살았잖아. 엄마가 갑자기 파이데이아에 다니면서 두껍고 어려운 고전을 읽는 거 보고 신기했어. 그런데 엄마 나이도 많은데 대학원까지 가서 교육 철학을 공부하다니! 진짜 생각지도 못한 일이었거든. 그런 엄마를 보면서 나도 철학을 좋아하게 된 것 같기도 하고 공부도 열심히 하는 것 같아."

공부가 인생의 전부는 아니지만 중요한 부분임엔 틀림없다. 나는 아이들에게 학창 시절의 공부는 어려운 문제를 포기하지 않고 해결하는 훈련과 습관이 잘 되어 있는지, 끈기 있고 성실한지, 극기하는 사람인지 판단하는 기준이 된다고 했다. 딱 그 시기에만 할 수 있는 경험이기에 중요하다고 항상 얘기해 왔다. 그나마 열심히 공부해서 좋은 대학을 나온 덕분에 어딜 가도 기죽지 않고 당당한 것이 엄마의 큰 자산인 것을 영주님은 알고 있다. 지금도 나는 무슨 일이든 최선을 다하려고 한다. 공부할수록 부족하고 모르는 것이 많아진다는 생각에 손에서 책을 놓을 수가 없다. 나는 교육이 정치, 경제, 사회, 문화 등 모든 분야의 기초 공사 역할을 한다고 생각한다. 교육하는 사람에게는 반드시 철학이 있어야 하고, 이런 교육철학을 공부하기 위해 대학원에 가야겠다고 결심하게 된 결정적인 계기가 있었다. 바로 존 듀이의 「민주주의와 교육」을 만났을 때다.

미국의 프래그머티스트, 교육철학자
존 듀이를 만나다

"책과 세상이 이어지지 않을 때 독서가는 괴롭다."

퇴근하며 차에서 라디오 방송을 듣는데 진행자가 하는 말에 귀가 솔깃했다. 평소 내 생각과 똑같은 말이 나오고 있었기 때문이다. 책에서 배운 이론을 지식으로만 알고 실제 생활에 적용해 실행하지 않으면 그건 죽은 지식이라 생각한다. 우리가 공부하는 이유는 좀 더 나은 삶을 살기 위해서다.

듀이는 이론이 실제에 적용될 때 비로소 가치 있다고 한다. 민주적인 사회의 바람직한 모습은 이론과 실제가 분리되지 않고 이론과 실제를 추구하는 사람들이 다른 계층이나 집단으로 구분되지 않는 것이라 했다. 어느 순간 교육이 좋은 학교와 좋은 직장에 들어가 부와 명예를 얻고 더 나은 삶을 살기 위한 수단으로 전락한 느낌이다. 하지만 듀이에게 교육은 어떤 목적을 이루기 위한 수단이 아니라 교육 그 자체가 목적이다. 그는 그냥 사는 것과 가치 있게 사는 것의 차이는 정지된 삶과 끊임없이 성장하는 삶의 차이라며 능동적인 경험을 중요시했다. 그는 완벽한 경험주의자였다.

"Not undergoing but doing is the real experience!"
(겪는 게 아니라 행하는 것이 진정한 경험이다!)

듀이는 어떤 일을 단순히 겪는 게 아니라 능동적으로 행하는 것이 진짜 경험이라고 한다. 지식과 경험으로 자신이 성장하는 것은 물론이고 공동체를 구성하는 다양한 사람이 함께 대화하고 상호작용함으로써 동반 성장하는 것이 그가 꿈꾸는 진정한 민주주의를 위한 교육이다.

우리 영주님이 내신 등급을 생각하며 열심히 공부하면서도 친구를 경쟁 상대로 생각하기보다 힘든 시기를 함께 이겨 내는 동반자로 생각하는 것 같아 대견하다. 열심히 공부하는 친구를 보면 본받고, 힘들어하는 친구를 보면 도와주려고 한다. 영주님이 힘들 때 엄마인 나의 말이 가장 위로가 되었다고, 시험 성적이 좋지 않아 슬퍼하는 친구에게 엄마의 말이 큰 힘이 될 거라며 응원해 달라는 부탁에 내 마음도 따뜻해진다. 동아리 활동을 단순한 취미 활동이나 스트레스 해소 방법으로만 생각하지 않고 자신이 가진 재능을 지역 사회와 연계해 봉사할 수 있는 게 무엇인지도 고민한다. 입시로 바쁜 우리나라 교육 현장에서도 선생님과 아이들이 듀이가 지향하는 민주주의 교육을 실천하고 있다는 생각에 우리 교육의 미래가 그래도 참 밝고 긍정적이라는 생각이 든다.

함께하며 성장하는 돈키호테와 산초

　사람이 배우고 성장하는 데 있어 누구를 만나 어떤 관계를 맺으며 살아가는 게 중요할까? 그와 관련된 작품이 있는지 묻는다면 단연코 세르반테스의 「돈키호테」를 추천한다. 전 세계에서 성경 다음으로 가장 많이 번역되고 가장 많이 판매된 소설이 바로 「돈키호테」다. 돈키호테라는 기사의 무용담을 소재로 현실과 판타지가 공존하는 이 소설은 세르반테스가 플라톤이나 토머스 모어처럼 유토피아를 꿈꾸며 썼다. 특히 「돈키호테」 2권 16장에 나오는 교육에 관한 세르반테스의 철학은 평소 내 생각과 같아 공감이 간다.

　"어릴 적부터 미덕과 훌륭한 가정 교육과 그리스도교 풍습을 배우도록 길을 가르쳐 주는 것은 부모의 몫입니다. 그런데 자식에게 이 학문을 해라 저 학문을 해라 강요하는 것은 비록 자식을 설득하는 일이 해로운 것은 아닐지라도 저는 잘하는 일이 아니라고 봅니다. 제 생각으로는 자식이 더 좋아하는 학문을 계속하도록 두는 것이 좋을 듯합니다."

과거에는 동서양 모두 교육의 첫 번째 책임이 학교나 교사가 아닌 가정과 부모에게 있었다. 하지만 이때 부모의 역할은 아이를 어른의 지식과 경험의 틀에 맞춰 키우며 강요하거나 지시, 설득하는 것이 아니라 아이를 믿고 지켜보며 지지해 주는 것이다. 막상 현실에서 실천하기는 말처럼 쉽지 않지만 꼭 필요한 일이다.

상대가 어떤 사람인지 알려면 그 사람이 누구와 어울리는지 살펴보라는 속담이나, 어느 부모에게서 태어났는지가 아니라 누구와 함께 풀을 뜯어 먹는지가 중요하다는 말에서도 말보다 행동에서 모범이 되는 교육과 환경에 의해 결정되는 교육의 중요성을 느낀다. 돈키호테에겐 아마디스 데 가울라 둘시네아 공주가 있기에 무모할지라도 서슴지 않고 도전하고 어떤 역경도 이겨 낸다. 그에게는 지켜야 할 이상과 꿈이 있기 때문이다. 경외하거나 사랑하는 사람, 롤모델이 있으면 우리는 그를 존경하고 은연중에 따라 하게 된다. 하다 보면 잘하고 싶고 그렇게 이상과 꿈은 내 삶의 지향점이 되어 나를 성장시킨다. 이것이 바로 「돈키호테」가 청소년 필독서에 속하는 이유인 것 같다.

돈키호테와 산초의 대화를 통해 서로 영향을 주고받으며 성장하고 변화하는 바람직한 인간관계를 볼 수 있다. 무지하고 교양이라곤 없던 산초는 돈키호테와 함께하는 힘들고 긴 여정을 통해 점점 성장한다. 어느 순간엔 상황이 역전되는 것처럼 보일 정도로 산초가 주인에게 따박따박 말대꾸까지 한다. 돈키호테는 산초를 나무라기도 하지만 탓하지 않고 자신의 허물을 허심탄회하게 인정한다.

"너의 잘못은 나를 그다지 존경하지 않았다는 데 있고, 나의 잘못은 좀 더 존경받도록 하지 않았다는 데 있다."

기사인 돈키호테가 하인인 산초에게 자기 잘못을 인정하는 모습은 어른이라는 이유로 아이에게 윽박지르고 잘못을 인정하지 않고서 대충 넘어가는 우리의 모습을 반성하게 만든다.

왕정 시대 광인(狂人)인 돈키호테를 통해 혈통이 혈통을 만드는 게 아니라 땀과 노력이 혈통을 만든다고 외친 최초의 근대소설 「돈키호테」는 진정한 배움과 성장을 위한 도전과 노력의 중요성을 나지막이 들려준다.

그리고 사람은

누구나 자신의 노력으로 혈통을 만드는 것입니다.

세르반테스, 「돈키호테」 중에서

스승이 없다고 한탄하는가

　어느 순간부터 반면교사는 삶의 훌륭한 지침이 되었다. 이 얼마나 좋은 스승인가! 우리는 어떤 사람의 좋은 모습을 보고 따라 하기도 하지만, 안 좋은 모습을 보며 저렇게 살지 않아야겠다고 다짐하기도 한다. 무엇이든 긍정적으로 받아들이면 그 어떤 나쁜 것도 큰 배움이 된다. 앞서 말했지만, 누군가 내게 과거로 돌아가고 싶냐고 물으면 나는 조금도 머뭇거리지 않고 자신 있게 아니라고 말한다. 지금의 내 모습에 더할 나위 없이 만족하기 때문이다. 하지만 과거에 대해 딱 한 가지 아쉬운 점이 있다. 만약 과거로 되돌아갈 수 있다면, 내 인생에 반면교사라는 말을 달리 적용해 꿈을 설정할 것이다. 학창 시절 기억에 남는 감사한 선생님이 많지만 좋지 않은 기억을 준 선생님도 꽤 있다. 오늘날에는 볼 수 없는 모습이지만 과거엔 체벌을 훈육의 수단으로 생각하는 권위적인 선생님이 많았다. 심지어 자신의 감정을 조절하지 못해 몽둥이뿐만 아니라 손이나 발로 몰상식하게 때리는 일도 종종 있었다. 촌지를 은근히 바라기도 하고 수업 준비를 등한시하며 대충 가르치던 선생님도 있었다. 그런 선생님들을 보니 교사라는 직업은 그다지 하고 싶지 않은 일이 되었다. 정확히 말하자면 저런 선생님 따위는 안 하겠다는 생각이었다. 그렇게 반면교사라는 말은 내게 부정적으로 작용했다. 그 말을 제대로 적용하지 못한 나의 오만과 어리석음이 후회되기도 한다. 내가 선생님이 되었다면 대한민국 교육계를 빛내는 썩 괜찮은 선생님이 되었을지도 모르는데 말이다. 이젠 나이가 들어가며 이런 사람도 있고 저런 사람도 있으며 아무리 나쁜 사람도 어느 면에서든 배울 점이 있다는 것을 안다. 내가 누군가의 잘못을 굳이 지적하거나 욕할 필요도 자격도 없다는 것을 안다. 그들을 좋은 방향으로 변화시킬 수 있으면 가장 좋겠지만, 잘못된 방향으로 가지 않도록 나 하나만 잘 챙겨도 된다는 것을 깨달았다.

위인도 모두가 완벽하지는 않다

플루타르코스의 「영웅전」은 그리스와 로마의 위인 50인에 관한 일대기다. 어린 시절 위인전을 읽으며 꿈과 희망을 품기 때문인지 서양에서는 청소년 필독서로 권장되는 책이다. 「영웅전」을 보면 반면교사로 삼을 위인이 몇몇 있다. 그라쿠스 형제의 비극적인 운명을 보면 아무리 좋은 제도라도 급진적인 개혁에는 반대 세력인 기득권의 저항이 있기 마련이니 개혁의 규모와 방식을 치밀하게 준비해야 한다는 교훈을 얻는다. 나를 지지하는 사람들이 평생 내 편이 되리라 믿고 경거망동하다가는 패가망신은 기본, 나라가 위태로워질 수도 있다. 안토니우스는 어떠한가? 여자를 좋아하고 무절제하게 술을 마시며 방탕했고, 큰 성공으로 교만해져 결국 파멸했다. 로마의 삼두 정치를 이끌며 권력의 정점에 올랐지만, 자신을 공격하는 글을 썼다는 이유로 키케로를 죽여 머리와 손을 잘라 오라고 할 만큼 잔인했다. 이집트 여왕 클레오파트라에게 푹 빠져 로마의 영토를 개인 소유지처럼 마음대로 선물하기도 했다. 사사로운 일에 권력을 남용한 까닭에 로마 시민들에게 외면당했고, 악티움 해전에서 패한 뒤 도망치다가 결국은 자살로 생을 마감했다.

위인도 모든 면에서 완벽할 수는 없다. 우리는 그들의 잘못을 보며 잘못을 저지르지 않는 사람이 되어야겠다고 생각한다. 잘못하지 않으려면 모든 행동을 조심스럽고도 완벽하게 해야 한다. 반대로 아무것도 하지 않으면 잘못할 일도 없겠지만 그렇게 살 수는 없다. 잘못한다는 것은 활발하게 활동한다는 것이다. 잘못할까 봐 조심하고 겁내며 몸을 사리는 사람은 실수는 적겠지만 그냥 사는 거다. 실수해도 괜찮고, 실수하더라도 도

전해야 한다. 반면교사를 보며 내 삶을 긍정적으로 바꿔 보자.

자기 힘으로 자신을 지킨다

투키디데스의 「펠로폰네소스 전쟁사」는 기원전 5세기 아테네와 스파르타 사이에 일어난 펠로폰네소스 전쟁을 시대 순서로 객관적으로 서술한 역사서다. 후대 정치인들의 연설에 많은 영향을 준 페리클레스의 추도 연설이 담겨 있는 것으로도 유명하다. 「펠로폰네소스 전쟁사」를 읽으면 반면교사가 유독 눈에 많이 띈다.

이웃 나라의 원조와 행운을 바라다가 몰살당하는 멜로스인을 보면 힘과 지혜를 어떻게 써야 하는지 깨닫게 된다. 약소국 멜로스가 초강대국인 아테네에 끝까지 저항하는 불굴의 용기는 가상하지만, 행운에 기대어 동맹국인 스파르타의 원조만 바라다가 결국 아테네에 항복하게 된다. 그 결과 성인 남자가 몰살당하고 여자와 아이들은 노예로 팔려 간다.

아테네의 니키아스 장군은 오십 평생 실패한 적이 없었다. 실수와 실패의 경험이 없으면 가장 중요한 순간에 패착을 둔다. 아테네군은 막강한 전력으로 시칠리아 원정에 나섰지만, 니키아스 장군은 무능하고 나태한 데다 병까지 걸려 전쟁의 주도권을 스파르타에 넘겨준다. 그리고 잇따른 패배로 전세가 불리해지는데도 철군하자는 데모스테네스의 권유를 거절한다. 우유부단한 대처와 판단 착오, 무모함과 무능함을 총체적으로 갖춘 니키아스 장군은 결국 아테네 군사들과 함께 몰살당한다.

근거 없는 믿음을 가지고 자신의 실력보다 행운이나 외부의 도움에 기대다가 결국엔 몰락하게 되는 무능하고 나태한 지도자와 국민을 보면 참으로 안타깝다. 싸움이 필요한 순간일지라도 강자에게 무모하게 덤비지 말고 현실적인 상황을 인정하며 전략적으로 행동해야 한다. 또한 약자를 온건하게 대하며 실리를 추구해야 한다. 싸워 볼 만한 대등한 상대에게는 양보하지 않고 힘껏 맞서 싸워야 한다. 이렇게 싸우는 자들이 대개 성공하는 법이라는 문장을 읽으며 진정으로 국익을 위하는 게 무엇인지 생각하게 된다. 우리나라 역시 반도라는 지리적으로 불리한 조건에서 조선 시대 사대교린 정책으로 지혜롭게 살아남을 수 있지 않았을까.

지도자의 무능력하고 무책임한 행동으로 국가가 큰 위기에 처할 수 있듯이, 나 자신이 올바른 판단과 행위를 하지 못하면 내 삶은 물론이고 내가 속한 가정과 회사와 단체까지 힘들어질 수 있다. 과학기술이 하루가 다르게 발전하는 이 시대에 IT 업종에서 일하는 나와 같은 대표들은 변화의 추이와 속도를 예의 주시하며 사업을 운영한다. 가정 경제를 이끄는 주부들도 물가와 이율 등 실물경제의 흐름을 알고 이에 대비해 알뜰하고 지혜롭게 살림을 살아간다. 나 자신도 목표를 세우고 실천하기 위해 수시로 점검한다. 자기 자신을 돌볼 수 있어야만 덤으로 타인도 나를 신뢰하고 도와줄 수 있다. 행운도 노력하는 사람을 외면하진 않을 것이다.

스승이 없다고 한탄하는가? 세상 모든 곳에 스승이 가득하다. 마음만 열면 우린 언제 어디서든 배울 수 있다.

가난을 시인하는 것이 부끄러운 일이 아니라

가난을 면하기 위해 실천적인 조치를 취하지 않는 것이

진정으로 부끄러운 일입니다.

이곳에서 정치가들은 가사도 돌보고 공적인 업무도 처리하며,

주로 생업에 종사하는 사람들도 정치에 무식하지 않습니다.

우리 아테나이인들만이 특이하게도

정치에 참여하지 않는 자들을

비정치가가 아니라 무용지물로 간주합니다.

투키디데스, 「펠로폰네소스 전쟁사」 중에서

그분을 닮을 수 있도록

어린 시절 방학 숙제를 생각하면 탐구생활부터 교육방송 듣기, 일기 쓰기, 그림, 만들기 등 참 다양했다. 요즘은 방학에 아이들이 사교육으로 너무 바빠서 그런지 특별한 학교 숙제가 없는 것 같다. 그 시절 나뿐 아니라 대다수 학생이 가장 하기 싫어했던 방학 숙제는 아마 일기 쓰기였을 것이다. 방학이 되면 으레 제일 먼저 꼼꼼하게 방학 계획표부터 만들고 열심히 실천하리라 다짐한다. 며칠은 일기를 잘 쓰는가 싶지만, 결국엔 개학이 다가올 무렵 다른 숙제들과 함께 밀린 일기를 몰아 쓰기 바쁘다. 지금 내 오른쪽 가운뎃손가락의 굳은살은 그렇게 밀린 일기를 쓰느라 생긴 것이다. 밀린 일기를 쓸 때 가장 힘든 것은 날씨가 기억나지 않는 점이다. 기억을 더듬으며 대충 날씨를 적고 머리를 쥐어짜 하루하루의 일상을 적었다. 그렇게 쓰고도 잘 썼다고 일기로 몇 번이나 상을 받았으니 아, 이놈의 능력이란! 일기는 글쓰기 연습이 될 뿐 아니라, 무엇보다도 하루의 일을 다시 생각하고 정리하며 나 자신을 되돌아본다는 데 큰 의미가 있다는 걸 나이가 들어서야 깨달았다. 이제 더는 일기를 쓰지 않지만, 독서 후기를 적으며 나의 경험과 관련지어 성찰하는 것이 어느새 습관이 되었다.

meet와 encounter

성 어거스틴의 「고백록」은 내게 기독교에 관한 선입견을 없애 주었다. 결혼해 시어머님을 따라 올라간 절이 인연이 되어 불교 교리에 관심이 생겼다. 절에 다니며 공부하고 108배 수행을 했다. 지금도 심란하거나 가끔 아무 생각 없이 바람을 쐬고 싶을 때면 절에 간다. 교리 공부를 하면서 불교와 기독교의 가장 큰 차이는 신을 대하는 시선이라는 생각이 들었다. 불교는 일체중생(一切衆生) 개유불성(皆有佛性), 모든 사람에게 불성이 있어 깨닫는 사람은 누구나 부처가 될 수 있다고 말한다. 한편, 기독교의 하느님은 유일신이고 그 외의 어떤 것도 믿지 말라고 하며, 모든 것은 하느님의 은혜에서 비롯된 거라며 인간을 신의 아래에 두는 느낌이다. 나는 그 부분이 마음에 들지 않았다. 하지만 「고백록」을 읽으며 기독교의 '신'을 우리가 끊임없이 추구하는 이상적인 '나 자신'이라 생각하니 불교의 교리와 크게 다르지 않은 것 같았다. 성 어거스틴은 누구에게나 한 가지 재능은 반드시 있으니 실망하거나 포기하지 말고 그 재능을 찾아내 귀하게 써야 한다고 말한다. 행여 남보다 뛰어난 재능이 있다고 교만하게 되면 파멸에 이르니 반드시 겸손해야 하고 재능을 나 자신과 남을 위해 바르게 써야 한다는 말이 가슴에 와닿았다.

「고백록」에 따르면 우리의 만남은 크게 두 가지로 분류된다. 그냥 만나는 것(meet)과 인생에 결정적인 전환을 가져다주는 만남(encounter)이다. 성 어거스틴과 마니교 감독 파우스트와의 만남은 meet이고, 기독교 감독 암브로시우스와의 만남은 encounter다. 그는 젊은 시절 마니교와 육체적 쾌락에서 빠져 있다가 32세 늦은 나이에 무화과나무 아래서 회심해 기독교로 전향한다. 본연의 자신을 찾은 것이다. 결국, 성 어거스틴은 오랜 방황 끝에 암브로시우스와의 만남으로 그리스도의 품에 안긴다. 김수환 추기경은 머리가 아닌 뜨거운 가슴에서 우러나 행동이 변하기까지 70년의 세월이 걸렸다고 한다. 우리는 수많은 사람을 만나며 살아간다. 그중에 암브로시우스 같은 사람은 과연 누굴까? 아니, 나는 누구에게 암브로시우스 같은 존재가 되고 있을까? 우리는 서로에게 의미 있는 타인이 되어야 한다. 그리고 너무 늦었다 생각하지 말고 부단히 노력하고 성찰함으로써 더 나은 방향으로 성장해야 한다. 참된 자기 발견은 나 자신뿐 아니라 내가 만나는 이들의 인생에도 좋은 영향을 줄 수 있으니 말이다.

나는 생각한다, 그러므로 나는 존재한다

영주님 학교에서 열리는 학부모 설명회에 다녀온 뒤로 선생님
이 90분 강연 중 유독 반복하던 이야기가 머릿속을 떠나지 않
는다. 탐구하고 실행하고 성찰하는 과정을 계속하는 우리 대구
국제고등학교 학생들. 탐구-실행-성찰의 반복, 그래서인지 아
이들이 자기 주도적이면서도 협력적인 관계 속에서 더 나은 방
향으로 성장하는 것 같다. 성찰이라는 단어에 딱 떠오르는 인
물이 있다. 철학은 쓸데없이 너무 어렵고 일상과 동떨어진 학
문이라는 선입견을 가지는 데 한몫한 분, 바로 데카르트다. 읽
고 또 읽고, 덮었다가 다시 또 펼쳐 어렵사리 읽는 데카르트의
「방법서설」과 「제일철학에 관한 성찰」.

영국에 경험주의자 베이컨이 있다면, 프랑스엔 합리주의자 데
카르트가 있다. 근대 철학의 아버지라고도 불리는 데카르트는
인간은 이성보다 감각에 주로 의존하기 때문에 아무리 의심하
고 회의한다고 해도 확실한 지식을 가질 수 없다고 생각한다.
불완전한 인간이 나보다 완벽한 존재, 완전성을 상징하는 신을
찾는 것도 이러한 이유 때문이다. 하지만 아무리 의심한다 해
도 이것만은 정말 확실한 게 하나 있으니, 모두가 승복할 수밖

에 없는 확실한 명제다.

"I think, therefore I am."
(나는 생각한다. 그러므로 나는 존재한다.)

이 유명한 말은 「방법서설」에 나온다.

데카르트는 공부할 시간을 확보하기 위해 열 번도 넘게 이사 다니며 사람들의 방문을 피했다고 한다. 너무나 소중한 시간이기에 세상의 온갖 유혹으로부터 스스로 거리를 두며 철저하게 자기관리를 했다. 참된 진리를 얻기 위해서는 지금 내가 알고 있다고 생각하는 모든 것을 끊임없이 회의하고 의심하고 그리하여 기존의 모든 걸 뿌리째 뽑아 버려야 한다니, 이분 참 무섭다. 그렇다면 불완전하고 무력하고 유한한 인간과 반대되는 완전하고 전능하고 무한한 신이 존재해야 한다. 인간은 완벽한 신을 추구하고 그를 닮아 가기 위해 끊임없이 노력하니 겸손할 수밖에 없다. 우리는 그보다 훨씬 모자라고 불완전할지라도 신의 위엄과 보호 아래 부단히 노력하는 가운데 현세에서 누리고 있는 행복에 감사해야 한다.

인간은 신이 부여한 지성과 의지라는 두 가지 능력에 감사하고, 의지를 지성의 범위 내에서 사용해야만 오류를 범하지 않는다. 알지도 못하면서 까불다가는 큰코다친다는 얘기다. 의지를 키우려거든 먼저 지성부터 키워야 한다. 선입견을 버리고 감각에만 의존하지 않아야 신의 존재를 쉽게 인식할 수 있다. 눈에 보이지 않아도 이 세상에 존재하는 것이 얼마나 많은가. 참되고 확실한 지혜를 얻으려면 신의 존재를 인식하고 그에 의존할 수밖에 없다. 온전한 앎에서 비롯되는 올바른 방향성과 속도로 항상 자신을 성찰하며 겸손하게 살자. 그분에게 다가갈 수 있도록 그분을 닮을 수 있도록 내가 곧 그분이 되도록.

그러나, 나는 어둠 속을 홀로 걸어가는 사람처럼,

아주 천천히 가자고, 모든 것에서 신중해지자고,

그래서 아주 조금밖에 나아가지 못한다 해도,

적어도 넘어지는 것만은 제대로 경계하자고 결심했다.

데카르트, 「방법서설」 중에서

나는 아직 번데기

몇 년 전부터 정신이 없어지기 시작했다. 아침에 출근할 때 몇 번이고 비밀번호를 급하게 누르며 현관을 들락날락하는 날이 많아졌다. 일정이 많을 때면 뭘 꼭 하나씩 빼먹는다. 이러다가 신용까지 잃겠다 싶어 하루는 밤늦게 식탁에 앉아서 가만히 생각해 보았다. 일단 집이랑 회사는 제쳐두고, 내가 요즘 읽고 써야 할 게 도대체 얼마나 되는지 점검해 보았다. 올해 나의 첫 번째 책 출판을 목표로 거의 매일 글을 쓰는 중이고, 독서와 글쓰기 모임을 다섯 개 하고 있다. 파이데이아 고전도 매주 진도에 맞춰 읽어야 하고, 논문을 쓰기 위해 수시로 관련 논문과 책을 찾아 읽어야 한다. 서양철학 수업에 맞춰 책을 읽고 과제를 하고, 동양철학 수업에 맞춰 매주 논문을 하나씩 읽고, 개인적으로 더 읽고 싶은 책도 사서 읽는다. '우와, 내가 이 많은 걸 다 하고 있다니! 대견하다 윤은경. 잘살고 있다 윤은경.' 이렇게 자화자찬하며 산 지 몇 년 되었다.

몽 할배에 비하면 나는 아직 번데기

그런데 벽돌 두께의 무거운 책을 대표하는 몽테뉴의 「수상록」 1,200여 쪽을 읽으며 너무나도 초라하고 작은 나 자신을 발견했다. 이 양반은 얼마나 많은 책을 읽었는지, 인용하는 작가의 글이 엄청나다. 다방면으로 얼마나 유식한지 입이 아주 그냥 쩍 벌어진다. 가장 중요한 건, 내가 앞으로 책을 내면 꼭 써야겠다고 벼르던 말을 몽테뉴 이 양반이 이미 다 써 버렸다. 사람의 생각은 다 비슷한 모양이다. 아무튼, 이런 몽테뉴와 비교하니 힘들다고 헉헉대는 나의 독서량이 부끄럽기 짝이 없다. 그래서 더 힘내서 책을 읽게 된다. 두근거리는 가슴으로 그분을 처음 영접한 날, 구랑이 내 옆을 지나가며 「수상록」을 스윽 쳐다보더니, "민법 책 같다"라고 한마디 했다. 그러고 보니 그렇다. 법 공부를 지금 고전 읽듯이 했으면 좋았으련만. 이제라도 내 것을 만났으니 다행이고 감사하다는 생각이 든다.

「수상록」은 최초의 에세이라 할 수 있는데, 요즘의 흔한 에세이와 비교하면 분량도 글의 내용과 깊이도 차원이 다르다. 한 장 한 장 주옥같은 문구가 마구 쏟아져 나온다. 그 어떤 책보다도 버라이어티 팩, 크리스마스 종합 선물 세트 같다.

나이가 들면 정신이 없어진다고 하지만 나이와 상관없이 우리 마음은 이랬다저랬다 요동을 친다. 내가 기쁜 일이나 슬픈 일에 격하게 반응하면 구랑은 늘 일희일비하지 말라고 핀잔을 준다. 묵직하게 살아야겠다고 다짐하건만 그 마음을 평온하게 다스리기가 쉽지 않다. 몽테뉴는 일정한 목표가 없으면 마음이 갈피를 잡지 못한다며 마음이 자극받아 행동할 수 있도록 목표를 설정하라고 한다. 사방에 있다는 것은 아무 곳에도 있지 않다는 것과 같고 어디에도 있는 자는 아무 데도 없는 자라 하니 뚜렷한 목표를 설정하고 일관성 있게 부지런히 움직이는 주체적인 내가 되어야겠다. 적어도 아무것도 아닌 사람은 되지 말아야지.

몽테뉴는 유명한 사람들의 말을 그대로 인용하지 말고 자신의 언어로 판단하고 말하고 행동하라고 한다. 정말 정신이 번쩍 드는 문구다. 나도 그렇게 하고 싶다. 그런데 우리는 자신이 부족하다고 생각하기에 또는 자신이 유식하다는 것을 은근히 자랑하기 위해 유명한 사람의 말을 일부러 더 인용하곤 한다. 훌륭한 사람들에게서 배우고 익히는 것은 기본일 뿐이다. 남의 지식에 밀려 내가 억눌리거나 파묻히지 않으려면 나의 주체성, 내 생각이 견고해야 함을 느낀다. 몽테뉴는 배움에 머물지 않고 더 나아가는 사람이 되기를 바란다. 프랜시스 베이컨이 「학문의 진보」에서 학생이 스승에게 충분한 교육을 받을 때까지 잠시 자신의 판단을 중지할 뿐이지 결코 자신의 판단을 포기하거나 스승에게 휘둘려서는 안 된다고 말하는 대목이 같은 맥락이라 생각한다. 배우고 나서는 그것이 신뢰할 만한 것인지 비판적으로 판단해야 한다. 이는 지식과 정보가 넘쳐나는 이 시대의 아이들에게 매우 필요한 능력 중 하나인 비판적 사고능력과도 연결된다.

현대에는 살찐 사람들이 보정 속옷을 입으며 날씬해 보이려고 애쓰는데 몽테뉴가 살던 시대엔 이와 반대였나 보다. 넉넉한 살이 풍요의 상징이었을까? 몽테뉴는 마른 사람이 옷 속을 잔뜩 채워서 살쪄 보이려고 하듯이 제대로 알지 못하는 사람은 좋은 말이라며 장황하게 말로 채우려 하는데 그렇게 하면 맞는 말도 오히려 틀리게 들린다고 경고한다. 빈 수레가 요란하고 듣기 좋은 꽃 노래도 한두 번이라는 우리나라 속담이 생각난다.

소크라테스는 어디에서 왔냐는 질문에 아테네라 하지 않고 세상에서 왔다고 했다. 세상을 자기 마을처럼 생각하고 인류 전체를 가족처럼 생각해 지식과 경험을 나누는 소크라테스는 내 자식 하나 잘 키우겠다고 애지중지하며 이기적으로 사는 우리와 생각의 깊이와 넓이가 다르다. 교육과 공부의 목표는 자기 것을 만들고 나아가 세상을 향해 세상을 위해 사용하는 데 있음을 다시 생각하게 된다.

내 나이 오십을 바라보며 매 순간 이렇게 뭉클했던 적이 얼마나 있었던가. 삶에서 무엇을 중요하게 생각하고 어떻게 살아야 할지 그 누구와도 진지하게 이야기해 본 적이 별로 없는 것 같다. 이런 것들은 재미없고 지루하고 어렵고 실생활과 별 관련이 없다고 느끼니 말이다. 책을 통해, 그리고 파이데이아 원장님의 답 없는 답을 통해 하루하루 성장해 가는 이 느낌은 무어라 말할 수 없는 행복이다. 나아가 혼자만 알아서는 안 된다는 생각이기에 내 깜냥에서는 최선을 다해 고전을 읽는다. 나는 꼭 지혜를 나누는 사람이 될 테니까.

내겐 아직 밝은 눈이 있으니까요

책을 많이 읽다 보니 노안이 급작스레 찾아왔다. 눈이 안 보여서 책을 못 읽는다던 어른들의 말을 이제야 알겠다. 근시, 난시에 노안까지 겹쳐 힘든데도 어떻게든 책을 읽고 글을 쓰려고 애쓰는 데는 이분이 한몫했다. 호메로스와 베르길리우스와 단테의 영향을 받아 17세기 환상적인 종교적 영웅 서사시인 「실낙원」을 집필한 존 밀턴이다.

밀턴은 격무에 시달리며 학문에 힘쓴 나머지 44세에 실명한다. 이후 편안한 삶을 살았다면 우리는 이 멋진 고전을 볼 수 없었을 것이다. 「실낙원」은 실명한 밀턴의 말을 받아 적은 딸에 의해 출판된 작품이다. 우리는 신체가 건강해도 온갖 핑계를 대며 할 일을 미루고 게으름을 부리는데 말이다. 군소리 말고 살아야지!

 글을 읽으면 마치 영화 〈반지의 제왕〉을 보는 것처럼 신비로운 장면 속으로 훅 빠져드는 듯한 느낌이 든다. 책을 보는데 영화를 보는 듯한 이 느낌은 과연 무엇인지. 어느 하나의 감각을 잃으면 다른 감각이 발달한다고 하는데, 밀턴의 경우 앞을 볼 수 없기에 보이지 않는 세계를 상상력으로 더 풍부하게 표현할 수 있었던 것 같다. 카리스마 넘치는 매력적인 모습으로 게다가 민주적으로 악마들을 진두지휘하는 사탄을 보고 있노라면, 인간 지도자들은 대체 뭐 하나 싶기도 하다. 밀턴은 「실낙원」에서 아담과 하와를 통해 인간은 이성이 어두워지거나 신에게 복종하지 않으면 욕망에 사로잡혀 자유 의지를 잃고 죄를 저지르게 된다는 것을 보여 준다. 그는 신에 대한 복종과 사랑 그리고 이성이라는 이 세 가지를 잘 갖춰야 행복한 삶을 살 수 있다고 생각하는 것 같다. 아담과 하와가 원죄를 지은 이후 인간이 상실한 참된 자유와 바른 이성을 우리는 일상에서 되찾고 볼 일이다. 자유와 이성의 올바른 활용, 고전은 이렇게 생각할 거리를 선물해 준다.

내가 나 자신에게 하는 판결은

재판관의 판결보다도 더 힘차고 혹독하다.

재판관은 일반적인 의무로밖에 나를 잡지 못한다.

그런데 양심은 나를 더 단단하고 호되게 조인다.

내가 하려고 한 것이 아니고

다른 사람들이 나를 끌어넣는 의무는 열성 없이 좇을 뿐이다.

행동에 자유가 없으면 그것은 우아하지도 명예롭지도 못하다.

몽테뉴, 「수상록」 중에서

파이데이아에 공부하러 가는 길,
가을이면 어김없이 두 번째 꽃이 핀다.

웃음 속에 뼈가 있다

"은경이 넌 공부를 너무 잘하니 왠지 모르게 말 걸기가 어려웠는데, 알고 보니 진짜 웃기다. 코미디언 되면 정말 잘하겠다."

고등학교 때 친구들이 그랬다. 내가 아무 말 없이 가만히 있으면 무표정한 모습에 차갑고 날카롭게 보이나 보다. 마른 체형이라 그런지 까칠하거나 깐깐하거나 성질이 안 좋으리라 지레짐작하기도 한다. 이런 선입견은 매우 바람직하지 않다. 알고 보면 나란 사람은 일상생활이 소탈하고, 생각이 엉뚱하며, 하는 짓에 숭숭 구멍도 많다. 가능한 한 상대방의 말을 경청하는 편인데, 대화가 길어지거나 재미없을 때는 눈치껏 타이밍을 포착한다. 이럴 때 콕 집어 시원하게 정리하고 말 한마디로 사람을 빵 터지게 하면 다들 좋아하는 것 같다. 내가 유머와 위트를 가진 사람이라면, 그건 아마도 나를 잘 알지 못하는 사람들의 선입견을 대비해 자구책을 세운 건지도 모르겠다. 유머와 위트는 사람과의 관계를 편안하고 부드럽게 해 준다. 거기에다 내가 전하고자 하는 생각, 그것도 난해한 지식이나 정보나 교훈을 끼워 넣을 수 있다면 그야말로 금상첨화가 아닐까? 제프리 초서의 「캔터베리 이야기」는 내게 그런 책으로 다가왔다.

셰익스피어를 내가 키웠다! 나는 초서다!

셰익스피어에게 영향을 준 영문학의 아버지 제프리 초서는 다양한 직업을 가진 사람들이 성지 캔터베리를 순례하는 여행길에서 주고받는 재미있고 교훈적인 이야기들을 「캔터베리 이야기」로 풀어놓았다.

이야기 중에는 성지 순례와 전혀 어울리지 않는 내용도 많다. 중세 여성에 대한 시각을 단적으로 표현한 말이 있는데 지금은 이런 말을 하면 성 인지 감수성 떨어지는 발언이라며 여론의 뭇매를 맞겠지만 시대가 시대니만큼 웃어넘기게 된다. 예를 들면, 남자들이 나쁜 길로 빠지는 것은 사탄이 여자를 도구로 삼아서 그렇다나 뭐라나. 이런! 여성의 몸이 남자로 하여금 죄를 짓게 하니 여성은 몸을 꽁꽁 싸매고 다녀야 한다는 말인가?

한편, 초서는 이와 정반대되는 이야기도 한다. 현대에도 남들이 일생에 한 번 할까 말까 하는 결혼을 중세 시대에 다섯 번이나 한 배스의 여인 이야기를 통해 중세 교회의 권위와 무조건

순종적이어야 한다는 당시의 여성관에 정면으로 도전한다. 이는 난잡한 여인에 관한 이야기가 결코 아니다. 제프리 초서는 다섯 남편을 완벽하게 다루는 여인의 능력을 통해 인간의 욕망과 쾌락을 긍정적으로 보며, 소극적이고 수동적인 여성이 아니라 생명력과 활력이 넘치는 여성상을 제시한다. 만나면 함께하는 이들에게 긍정의 에너지를 뿜어내는 사람이 있는가 하면 매사 부정적이고 오히려 분위기를 우울하게 하는 사람이 있다.

"그런 사람의 번호는 휴대폰에서 당장 지워 버리!"

토론 중에 버럭 소리 지르던 팔공산 할배가 생각난다.

초서는 아내들에게 자기 자신을 지키며 악마처럼 사나워지라고 한다. 쉬지 않고 잔소리하고 남편을 감시하며 질투심 많은 여인으로 남으라고 한다. 왜 그러는 걸까? 남녀, 특히 부부 문제는 참 어렵다. 그런 상황에서 남편에게 순종하는 아내는 큰 그림을 그릴 줄 아는 지혜로운 전략가가 아닌가 싶다. 남편을 마음대로 하면 당장은 편한 것 같아도 그런 아내가 무섭거나 보기 싫어 남편은 가정에 소홀할 수도 있다. 그러면 결국 누구 손해인가? 그렇다. 아내 손해다. 그런데 또 남편에게 너무 잘해주면 타성과 습관에 젖어 감사한 것을 당연하게 생각하고 아내를 함부로 대할 우려가 있다. 겉보기엔 완벽하고 그저 부럽게만 보이는 부부도 속을 자세히 들여다보면 불만 없는 부부는 없다. 정답도 없고 도무지 알 수 없는 게 부부의 세계 같다. 초서는 지혜로운 부부 생활을 이렇게 위트 있게 조언해 준다.

프랑스 문학의 매력을 느끼다

파이데이아의 고전 중 처음 등장하는 프랑스 작가이자 의사이기도 했던 라블레. 그의 작품 「가르강튀아」와 「팡타그뤼엘」 연작 소설 네 권은 수다쟁이가 퍼부어 대는 듯한 프랑스 어휘 대량 방출로 16세기 불어 연구에 큰 도움이 된다고 한다. 똥과 '파뉘르주'라는 인물의 결혼 이야기는 잊을 만하면 나오는데, 번역본을 읽으니 프랑스 언어의 유희를 느낄 수 없고 프랑스 문화의 웃음 코드도 알 수 없어 답답한 마음이 들기도 했다. 가톨릭을 비판한 풍자문학이자, 16세기 프랑스 민중을 염두에 두고 진통제 없던 시절에 환자들이 잠시라도 고통을 잊고 웃게 하려고 쓴 소설이다. 아버지 가르강튀아가 아들 팡타그뤼엘에게 쓴 감동적인 편지는 서양 교육사에도 커다란 영향을 미쳤다고 하니 웃음뿐만 아니라 감동까지 전해 주는 작품이다.

예수님이 이 세상에 오시기 전, 사람들은 궁금하고 걱정되고 결정해야 할 중요한 문제가 있으면 예언가에게 물어보곤 했다.

그런데 예수님이 오신 후에는 밝은 햇빛에 모든 어둠이 사라지듯이 예언가를 찾아다니며 물어볼 일이 없어졌다. 그런데 예언가가 활동하던 당시, 그들의 대답을 보면 참 우습다.

"내가 말하는 것은 일어날 수도 있고 일어나지 않을 수도 있다오."

무슨 대답이 이런지, 당연한 거 아닌가? 예언은 선언 명제라 either A or B, 이거 아니면 저거라서 어찌 되든지 뭐라도 다 걸리게 되어 있다. 예언가가 책임을 회피하려고 그랬을 수도 있지만 결국 모든 문제는 어떤 식으로든 풀어낼 방법이 있고, 당사자 마음먹기에 달려 있다는 뜻이리라. 그렇다면 예언자에게 왜 물을까? 이미 답은 뻔한데. 어쩌면 우리는 이미 답을 알고 있는지도 모른다. 단지 누군가에게 의지하고 싶고, 잘못될 경우 책임을 전가하고 싶은 게다.

사랑의 신인 에로스의 아버지는 포로스이고 어머니는 페니다. 포로스는 풍요를 페니는 궁핍을 뜻하는데 에로스는 어머니를 더 닮았나 보다. 우리는 내 안에 없는 것을 가진 사람에게 더 끌린다고 한다. 아마도 사랑한다는 것은 서로의 궁핍을 채우고 보완해 완벽하고 완전한 하나가 되려는 게 아닐까? 이 부분을 읽는데 갑자기 옛날 생각이 났다. 결혼 전 남편은 우리가 완벽한 하나가 되는 그날까지 서로 노력하자고 편지글을 썼는데 말이다.

"당신, 이거 기억나? 우리가 지금 완벽한 하나가 된 것 같나?"
"야! 그런 게 세상에 어딨냐?"

에라이! 어찌 화장실 들어갈 때랑 나올 때랑 이렇게 다른지.
완벽한 하나가 무언지 생각해 본다. 서로 다른 우리가 어떻게 완벽한 하나가 될 수 있을까? 우린 각자가 하나의 온전한 인격체다. 나 자신을 온전히 사랑하는 사람은 타인도 진정으로 사랑할 수 있다. 서로에게 뺄셈이 되는 관계는 되지 않도록 노력해야 한다. 수학적으로 1 더하기 1은 2다. 하지만 온전한 사람 간의 만남은 서로의 노력으로 생각지도 못한 시너지 효과를 일으킨다. 부부 관계에서 그리고 인간관계에서 완벽한 하나는 '1+1=1'이 아니라 '1+1=무한대'라는 놀랍고도 이상한 등식을 만들어 낸다.

사실 남자들은 아내가

아무리 예쁘고 상냥하고 충실하더라도,

아내보다 못한 여자들과 즐기려는

음탕한 욕망을 가지고 있습니다.

우리의 빌어먹을 육체는 새로운 것을 너무나 탐냅니다.

그래서 아무리 덕스러운 것이라 해도

그것을 오랫동안 즐기지는 못합니다.

초서, 「캔터베리 이야기」 중에서

노력에 끈기를 더해야

역설적이지만 위대한 사람이 되는 방법은 참 쉽다. 누구나 그 방법을 알기 때문이다. 하지만 실행하는 것은 용기와 노력과 끈기가 필요하기에 어렵다. 아무도 선뜻 덤비지 않는 일을 시작하는 데는 용기가 필요하다. 가능할지, 괜히 혼자 손해 보는 것은 아닐지, 남들이 시기 질투하진 않을지 온갖 걱정을 깨부수고 단호하게 시작해야 한다. 그런데 용기만 필요한가? 엄청나게 노력해야 한다. 그냥 쉽게 되는 일은 없다. 어느 정도만 노력해도 되는 일이라면 참 좋을 텐데, 세상의 위대한 일은 그리 호락호락하지 않다. 오랜 시간 꾸준히 묵묵하게 해 나가는 끈기도 필요하다. 우리가 알고 있는 천재나 위대한 인물은 타고난 능력으로 하루아침에 그냥 저절로 되지 않았다. 뉴턴이 매일 빈둥거리며 놀다가 우연히 사과나무 아래에서 떨어지는 사과를 보고 만유인력의 법칙을 발견했을까? 아마 오랜 시간 그 생각만 하면서 연구하고 실험하며 살았을 것이다. 온통 그것만 했기에 그런 우연이 위대한 발견의 기회가 되었을 것이다.

시련과 고난이 키우는 위대한 인물

　파이데이아에서 가장 처음 읽는 책은 기원전 8세기 작품인 호메로스의 「일리아스」이다. 현재 전해지는 그리스 최고의 서사시로 「오뒷세이아」와 함께 고대 그리스와 이후 서양의 모든 문학과 예술, 문화에 지대한 영향을 주었다. 트로이 전쟁을 배경으로 하는 「일리아스」를 보면 뛰어난 영웅들의 대결에 안타까운 마음이 든다. 트로이의 왕자 헥토르는 맞서 봤자 패할 것이 뻔하고 죽음이 기다릴 뿐이라는 것을 알면서도 그리스 장군 아킬레우스와 결투한다. 헥토르는 유한한 생명보다 불멸의 명예를 택한 것이다. 하나뿐인 생명이 중요하지 그깟 명예가 대체 뭐라고. 하지만 위대한 인물은 시대와 상황이 요구하면 오히려 하나뿐이기에 소중한 생명을 걸고 싸우는 것 같다. 동양에서 최고의 덕이 효(孝)라면 서양에서 제일로 꼽히는 덕은 용기(勇氣)다. 아리스토텔레스가 으뜸으로 꼽은 덕도 용기다. 모든 걸 다 갖추었다 할지라도 비겁한 사람은 훌륭한 사람으로 인정받지 못한다. 몇몇 위인은 물론이고 이름조차 알 수 없는 조상들의 용기가 있었기에 오랜 세월 중국, 일본과 수많은 전쟁을 겪으면서도 지금의 우리가 건재하는 것이다.

호메로스의 「오뒷세이아」는 트로이와 10년 동안 죽을 고생을 하며 전쟁을 치르고 살아남은 오디세우스가 드디어 고향으로 돌아가는 이야기다. 신들의 집요한 방해로 배가 난파당하고 바다 위에서 표류하며 또다시 10년 동안 온갖 역경을 겪은 후에야 고향에 돌아갈 수 있는 운명. 하지만 평화로운 이곳에 안주하라는 온갖 유혹에도 오디세우스의 의지는 흔들림이 없다.

"싫소. 그럼에도 불구하고 나는 가야만 하오."

인간은 운명적으로 그 무엇도 절대 공짜로 얻을 수 없다. 운명을 받아들이지만, 또한 그 운명에 굳게 맞서는 오디세우스의 독백은 인간의 결연한 의지를 보여 준다.

"그래, 이들 고난에 이번 고난이 추가될 테면 되라지요."

언젠가 알게 된 후 한동안 나의 좌우명으로 삼았던 "나를 죽이지 못하는 고통은 나를 더욱 강하게 만든다"라는 니체의 말은 아마 여기서 비롯된 것이 아닐까 싶다.

스파르타 사람들은 모두 저렇게 용감한가

「역사」는 역사학의 아버지라 불리는 헤로도토스가 그리스와 페르시아의 전쟁을 바탕으로 쓴 역사책이다. 헤로도토스는 약 10년 동안 이집트, 리디아, 페니키아, 이탈리아, 스키타이 등 실제 전쟁이 일어난 지역을 구석구석 탐사했다. 여행하며 지리, 역사, 풍속 등 직접 보고 듣고 느낀 생생한 경험과 더불어 전해 들은 다양한 이야기를 「역사」에 생생하게 담아 놓았다. 헤로도토스의 「역사」가 아니었으면 당시의 세계사를 우리가 어떻게 자세히 알 수 있겠는가? 무엇보다 스파르타가 위대한 군인 정신의 상징으로 역사에 길이길이 남게 된 것도 헤로도토스 덕분일 게다. 「역사」에는 우리가 영화 〈300〉으로 잘 알고 있는 테르모필라이 전투가 기록되어 있다. 레오니다스가 이끄는 스파르타군 300명이 크세르크세스의 페르시아군 100만 명과 싸워 모두 전사하는 가슴 뭉클한 이야기다. 스파르타 군인 300명의 용기로 인해 전 세계인의 가슴 속엔 스파르타 사람에 대한 강렬한 이미지가 각인되었다.

"스파르타 사람들은 모두 저렇게 용감한가?"
"네, 그렇습니다!"

흔히들 결과도 중요하지만 결과에 이르는 과정이 더 중요하다고 한다. 말하는 이는 쉽게 말해도 당사자에겐 정말 힘들고도 고통스러운 일이다. 그때 당신이 있었기에 지금의 우리가 있다고 진심으로 감사하고 기억하는 것이 그날의 고통을 겪은 이들에게 우리가 취할 수 있는 최소한의 예의가 아닐까.

철인, 노력에 끈기를 더한 사람

플라톤은 「국가」에서 지혜, 용기, 절제, 정의라는 사주덕을 가진 철인에 의한 정치를 가장 이상적인 정치로 제시한다. 그런데 플라톤이 말한 철인 같은 이상적인 지도자가 이 시대에 과연 존재할 수 있을까? 오랜 기간 교육을 거치며 고통과 시련을 이겨 내고 훌륭한 자질과 덕성을 길러야만 될 수 있는 철인. 철인은 그냥 되지 않는다.

시민은 전액 국비로 7세부터 11년 동안 시가와 체력 단련 교육을 받고, 2년의 군 복무 기간을 거쳐 10년 동안 산술, 기하, 입체, 천문학, 화성학의 다섯 가지 수학 교육을 받는다. 이후 15년간 문답법 교육을 받으며 수습 기간을 거쳐 50세가 되어야 비로소 철인 통치자가 될 수 있다. 이 험난한 과정을 모두 통과해야만 가능하니 철인은 그야말로 강철처럼 단련된 사람이다. 국가로부터 교육을 받았으니 국가와 국민을 위해 봉사하는 건 당연한 일이다. 하지만 오늘날의 정치인과 달리 이들에겐 정치가 최우선이 아니다. 철인은 지혜를 사랑하는 사람이기에 학문을 본업으로 하고, 여러 명의 철인이 돌아가며 정치한다. 따라서 남용하거나 부패할 권력이랄 것이 없다. 무엇보다도 철인정치가 위대한 것은 가문이나 신분, 재산 등 타고난 계급이나 경제력이 철인의 조건이 아니라 교육을 통해 험난한 과정을 이겨 낸 사람이 철인이 될 수 있다는 점이다.

플라톤은 '동굴의 우상'을 예로 들며 철인은 어두운 동굴 바깥으로 나와 태양의 밝은 빛을 보고 난 후, 혼자만 그 빛을 볼 게 아니라 다시 어두운 동굴 속으로 들어가야 한다고 말한다. 혼자만 잘 사는 것으로 끝내서는 안 되고 동굴 속에서 그림자를 본질로 알고 있는 무지한 사람들을 동굴 밖 지혜의 세계로 구출해 내야 하는 책임이 있다는 것이다. 플라톤은 「국가」에서 지도자는 고통과 시련을 이겨 내고 교육을 통해 오랜 시간 자질을 함양한, 잘 걸러진 사람이어야 한다고 한다. 즉, 지도자는 누구나 될 수 있지만 아무나 될 수 없는 책임감과 사명을 가진 사람인 것이다. 플라톤이 말하는 철인은 단순히 정치인이나 조직의 리더에게만 적용할 것이 아니다. 우리는 각자 자기 인생의 리더다. 주체적인 인간으로서 자신의 소질과 품성을 계발하며 성장은 물론이고 공동체 안에서 함께 살아가는 존재로서 서로에게 감사하며 선한 영향력을 미치는 삶을 살아가면 좋겠다.

내가 충고하고 싶은 것은 우리는 혼이 불멸하며
어떤 악도 어떤 선도 감당할 수 있다는 것을 믿고
끊임없이 향상의 길로 나아가며 가능한 방법을 다해
지혜와 더불어 정의를 추구해야 한다는 것이네.

플라톤, 「국가」 중에서

과감한 선택과 집중을

인생을 살아보니 하고 싶은 게 참 많다. 그런데 시간은 유한하고, 가진 돈은 뻔하며, 내 몸은 하나뿐이니 한꺼번에 다 할 수 없어 결국은 선택을 해야만 하는 상황이 온다. 국을 끓이면서 부침개를 부친다거나, 빨래를 개면서 아이 숙제를 봐 주는 것 같은 단순노동에 관한 이야기가 아니다. 우리는 선택의 순간에 기회비용을 생각하게 된다. 기회비용을 최소화하고 가능한 한 멀리 내다보면서 가장 효율적인 선택을 하고 집중해야 한다. 내가 선택과 집중이란 말에 대해 심각하게 고민하고 다짐하게 된 계기가 있다.

작은 것을 탐하면 큰 것을 놓친다

지방의원을 할 때다. 봄이나 가을, 날씨가 좋을 때는 각종 체육대회나 야유회, 산행, 단합대회 등의 모임이 많고 연말연시엔 송년회와 신년회, 졸업식, 입학식, 각종 사업 마무리와 시작 행사가 많다. 명절과 가정의 달 5월에는 특히 챙길 행사가 많다. 정치인은 유권자인 주민들에게 한 번이라도 얼굴을 더 보여 주고 인사하기 위해 하루에 많을 때는 대여섯 개의 행사를 찾아다닌다. 나도 처음엔 그랬다. 그런데 어느 순간 이건 아니라는 생각이 들었다. 지금 의원으로서 공부하고 점검할 사업과 예산, 조례도 많은데 말이다. 얼굴 보이고 인사하고 다른 행사장으로 바쁘게 이동하다가 뒤통수 따가운 소리도 종종 들었다.

"저 봐라. 또 얼굴만 보이고 간다."

그럴 때면 내가 지금 뭐 하고 있나 싶은 한심한 생각이 들었다. 가능하면 이러지 말자고, 행사가 겹치면 미리 무슨 행사인지 살펴보고 내가 꼭 갈 자리를 선택하자고 생각했다. 행사가 끝날 때까지 앉아서 무슨 일을 어떻게 하고 있는지, 내가 도울 부분은 없는지, 개선점은 무엇인지, 관계자들과 이야기도 하고 조금이라도 깊이 있게 일하자고 다짐했다. 그래선지 몰라도 나의 가장 큰 재산은 감사하게도 사람들이 나의 말과 행동을 일단 신뢰한다는 것이다. 욕심을 버리고 하나에 집중하는 자세는 나 자신에게 충실할 뿐 아니라 멀리 보면 타인과 깊은 신뢰와 우애를 쌓을 수 있다.

헤로도토스의 「역사」를 보면 아르테미시온 해전을 앞두고 그리스 연합군이 페르시아 대군과 맞서 싸울 해군을 모으는 장면이 있다. 아테네는 이 전투에 전체 함선 271척 중 무려 127척을 제공했음에도 불구하고 겨우 배 10척을 제공한 스파르타의 에우리뷔아데스에게 총사령관직을 양보한다. 펠로폰네소스의 강자인 스파르타를 전쟁에 끌어들이기 위해서라면 그 정도 자리는 당연히 내주어야 한다고 판단했기 때문이다. 가까이 있는 작은 이익에 눈이 멀어 멀리 있는 큰 이익을 놓치는 것은 소탐대실이다. 우리 인생도 마찬가지다. 전쟁에 스파르타를 참여시키고자 총사령관직도 양보하는 아테네의 판단에서 위기 상황에서의 과감한 선택과 집중의 지혜를 보게 된다.

모든 것을 알 수는 없다

고등학교 1학년 혹은 2학년 때, 주말에 독서실에서 공부하는데 그날따라 유독 수학 문제 하나가 안 풀렸다. 이렇게 풀어도 저렇게 풀어도 도통 풀리지가 않았다. 뭐가 잘못된 걸까? 점점 속에서 열불이 났다. 답안지 풀이를 보면 될 텐데 무슨 오기가 발동했는지 혼자 힘으로 풀고 말 거라고 부득부득 우기며 몇 시간을 문제에 매달렸다. 나중에는 서러움인지 분노인지 나도 모르게 눈물이 줄줄 흘렀다. 그렇게 온갖 방법을 모색하다가 결국에는 문제를 풀었다. 지금 생각하면 너무 부끄럽고 웃기지만 공부에 관해서는 그랬다. 모르는 게 있으면 그냥 못 넘어가고, 기어코 알아내야 했다. 인생 참 피곤하게 살았다. 하지만 고전을 읽으면서 그런 나에게 좋은 의미의 선택과 집중이 생겼다. 그래, 사람이 어떻게 다 알 수 있겠는가. 알면 알수록 모르는 게 자꾸만 더 많아지는데 말이다. 그리고 '나만 모를까. 모르긴 해도 저 사람도 아마 나처럼 다 알지는 못할 거야. 어려운 부분은 지긋이 눈감고 그냥 지나가자'라고 생각하게 되었다. 다 몰라도 괜찮다. 아니, 다 모르는 게 당연하다. 심장에 와닿는 문장하나만 찾아내도 이 책을 읽은 의미가 있다.

그렇게 다가온 철학자가 바로 '데이비드 흄'이다. 그의 책 「정념에 관하여」를 읽을 때, 분명 한글로 읽는데 무슨 말인지 당최 이해되지 않았다. 내가 바보인가? 함께 책 읽는 분들에게 하소연하니 그들 역시 이해가 안 된다고 했다. 다행이다. 이런 난해한 책을 흄은 28세에 썼다. 나는 그 나이에 무엇을 하고 있었던가.

흄은 이성의 능력과 한계를 명확히 하고 이성은 정념의 노예에 불과하다고 한다. 앞서 말한 데카르트와 아주 다르다. 이성을 중시한 플라톤이 보면 기가 막힐 노릇이다. 우리의 이성은 너무나 무기력해서 이성만으로는 어떤 행동의 동기가 될 수 없다고 한다. 인간의 자유는 우연의 영역에 속하고 우리는 필연성에 의해 살아간다고 하니, 흄에 따르면 인간의 자유 의지나 이성은 행위에 큰 영향력을 미치지 못한다. 대학원에서 공부한 미국 철학자 윌리엄 제임스는 인간의 자유 의지와 믿고자 하는 의지를 중요시하는데 말이다.

도대체 어느 철학자의 말이 맞는 것일까? 이제 막 철학을 공부하는 나로서는 다 맞는 말 같다. 철학자들은 일반인이 생각조차 하지 않는 영역을 어찌 그리 깊이 들여다보고 자기만의 정의를 내리는지 참 알 수 없다. 그들의 생각과 논리를 이해하는 게 과연 가능할까? 최선을 다해 공부하되 그들이 한 많은 말 중에서 어느 하나라도 공감하고 내 것으로 만들면 그걸로 충분하다. 어쩌면 내가 철학자의 생각을 제대로 이해하지 못하는 건 아닐까 염려도 되지만, 이렇게 읽고 이해하고 가슴에 와닿은 내용만이라도 선택하고 집중해 보려고 한다.

「정념에 관하여」에서 자주 언급하는 긍지와 소심, 사랑과 미움 같은 정념은 늘 타인과의 관계에서 발생한다. 우리는 인간관계를 통해 어떤 정념이 좋고 나쁜지 알 수 있다. 연민과 공감 같은 정념은 인간의 삶에 중요한 사회적 윤리이자 도덕적 감정이 된다.

책의 마지막 부분에는 매번 공부가 어려워 포기할까 말까 망설이는 나에게 흄이 위로하는 듯이 'pleasure of study'(공부의 기쁨)를 말한다. 그렇다. 힘들다고 그만둘 수 없는 공부다. 오히려 쉽지 않기에 해냈을 때 느끼는 성취감이 더 크다. 공부의 기쁨을 놓치지 않고 계속 느끼려면 현실적으로 지금 내 앞에 산적한 일 가운데 반드시 선택과 집중을 해야 한다. 일의 선후와 경중을 따져 보고, 불필요하게 소비하는 시간과 너무 많은 인간관계를 단호하게 끊어 내고 정리해야 한다. 삶의 디톡스가 필요하다. 그렇게 하지 않으면 어떤 성취도 이룰 수 없다. 할 일은 많지만 힘들어도 입 꾹 다물고 묵묵히 열심히 공부해야겠다. 공부의 기쁨을 조금씩 알아 가고 있으니 말이다.

활을 가진 자들은 필요할 때만 활을 당기는 법이오.

활을 늘 당긴 상태로 두면 활이 부러져

정작 활이 필요할 때는 쓸 수 없게 된다오.

사람의 일도 그와 같소.

인간도 늘 진지하기만 하고

하찮은 일로 전혀 긴장을 풀어 주지 않으면

자신도 모르게 미치거나 멍청해질 것이오.

헤로도토스, 「역사」 중에서

이미 충분히 괜찮은 사람

어릴 때 나는 자신감도 없고 자부심이라는 건 생각지도 못하는 소심하고 내성적인 아이였다. 과묵하고도 엄격한 아버지는 똑똑하다고 어디 가서 절대 잘난 체하지 말라고 늘 말씀하셨다. 행여나 내 성격에 그랬을까. 어쨌든 나는 주눅 든 아이처럼 있는 듯 없는 듯, 좋게 말하면 겸손하고 사실대로 말하면 존재감 없는 아이로 자랐다. 그런데 결혼하고 사회생활을 하면서 달라지기 시작했다. 시어머님은 똑똑하고 바르고 성실한 데다 알뜰하기까지 하다며 나를 무척이나 좋아하셨다. 신혼 때 내 손을 보며 공부만 할 손이지 일할 손은 아니라고 하셨다. 당신이 친정엄마였으면 아까워서 우리 집에 시집 안 보냈다며 다른 식구들 앞에서도 나를 칭찬해 주셨다. 20년 넘도록 별다른 인정을 받아 보지 못하고 자랐기에 처음 듣는 칭찬이 어색하고 당황스러웠다. 시어머님은 내가 집에서 살림만 하기엔 아깝다며 할 수 있으면 공부도 더 하고 사회에 나가 큰일도 하라고 하셨다. 누구보다도 잘할 거라고 용기를 불어넣어 주시고 결혼한 이후 지금까지 늘 기도해 주신다. 그렇게 나는 나도 몰랐던 나에 대해 자부심과 자신감을 느끼기 시작했다.

자부심은 감사하는 마음을 갖게 해 준다

셰익스피어의 작품을 읽으며 혼자 뿌듯해했던 기억이 있다. 셰익스피어의 비극과 희극은 모두 '위대한 저서' 목록에 들어 있다. 내로라하는 작가도 위대한 저서에 단 한 권 선정되기 어려운데 셰익스피어의 작품은 30여 권 전체가 모두 선정되었다. 이 정도니 영국이 셰익스피어를 식민지인 인도와도 바꿀 수 없다고 했겠지. 그런 셰익스피어 작품을 영한 대역본으로 읽었다. 왼쪽엔 영어, 오른쪽엔 우리말. 셰익스피어의 작품 중 첫 번째로 실존 인물보다도 더 유명하고 시간과 공간을 초월해 살아 있는 「햄릿」을 읽었다. 영어의 묘한 매력을 느끼며 읽으니 감회가 남달랐다.

"Is Horatio there?" (호레이쇼 거기 있니?)
"A piece of him." (나 여기 있지.)

중학교 때 'a piece of'라는 숙어를 외우기 위해 'a piece of

cake'이라는 구문으로 외운 기억이 나서 웃음이 나왔다. 케이크 한 조각에 쓰는 말을 사람에게도 쓰는구나! 내가 산처럼 거대한 존재인가? 내 일부가 여기 있다니 참으로 멋진 표현이다. 아무도 이런 나의 소소한 기쁨을 모를 것이다. 영한 대역본을 읽으며 혼자 뿌듯해하는 이 마음을 누가 알리오?

회사를 경영하며 정부 과제를 할 때, 상을 받기 위해 공적 조서를 작성할 때, 협회나 단체에 가입할 때, 선거에 나갈 때 항상 따라다니며 나를 객관적으로 증명해 주는 것 중 하나가 학력이었다. 나는 학력 지상주의자도 아니고 공부가 인생의 전부라고 생각하지는 않지만 중요하다고 생각한다. 학력은 공부라는 길고도 어려운 과업을 성실하게 수행했다는 증거이기도 하니 말이다. 지방의원을 하면서 특히 많이 느꼈다. 요즘은 젊고 유능한 지방의원이 늘어나는 추세지만 아직까진 배움이 짧은 분이 많다. 삶의 지혜와 인성은 학교 정규과정 이수 여부와 무관할 수도 있지만, 요즘 공무원들의 기본 학력이 얼마나 좋은가. 그들과 각종 사업, 입법, 행정사무 감사, 예산심의 관련해 회의하는 일이 많다. 본회의에서 발언하고 질의할 때, 연설하거나 글을 써야 할 때 의원이 끙끙대며 엉뚱한 소리를 하면 얼마나 부끄러운지 모른다. 나의 경우 의원 초반의 1년은 새로운 분야에 대해 모르는 게 너무 많아서 미리 관련 자료를 꼼꼼히 읽고 공부하며 모르거나 궁금한 부분, 이상하다 싶은 내용을 적어 두었다가 담당자에게 물어보곤 했다. 공무원들은 내가 다 알고 있다고 생각해서인지 자료를 더 꼼꼼하게 준비해 왔다. 그래서 나도 더 열심히 공부하고 준비할 수밖에 없었다. 나를 존중하고 깍듯이 대하는 모습에 스스로 자부심을 느끼며 이렇게 나를 키워 주신 부모님께 감사하는 마음이 커졌다. 어릴 땐 내가 공부를 잘해서 좋은 대학에 갔다고 생각했는데, 그게 아니었다. 내가 잘나서 간 게 아니라 부모님이 나를 좋은 대학에 보내 주셨기에 갈 수 있었고, 지금의 내가 있는 것이다. 이런 나를 믿고 또 열심히 일하는 상대방을 보면서 '내가 썩 괜찮은 사람이구나!' 하는 자신감도 가지게 되었다. 이러한 자부심과 자신감이 자만심으로 변질되지 않도록 감사와 겸손의 마음을 가지면 모두가 긍정적인 방향으로 성장할 수 있으리라.

그때 몰랐던 걸 이제야 알게 되다

열심히 살다 보니 어느새 나도 50대에 들어섰다. 요즘 들어 부고를 많이 받는다. 죽음이 이제 멀지 않음을 느끼게 된다. 죽음이 임박한 사람이 마음 편히 저승으로 갈 수 있도록 읽어 주면 좋은 책이 플라톤의 「파이돈」이다. 물론 생전에 「파이돈」을 읽어 그 내용을 잘 아는 사람에게 해당하는 말이지만. 그래서 구랑에게 말해 둘까 한다.

"당신의 부인은 꽤 지적이고 교양 있는 여인이오. 혹시 내가 당신보다 먼저 가거든, 당신의 그 매력적인 목소리로 「파이돈」을 읽어 주시오!"

죽음 앞에 초연한 소크라테스를 그려 본다. 우리는 사후 어떤 세상으로 갈까? 「향연」 속의 소크라테스는 죽음을 슬퍼하거나 두려워하지 않고 신나는 모험으로 생각한다. 철학자는 배우는 것을 좋아하는 사람이기에 가능한 한 육체적인 쾌락을 멀리해야 한다. 영혼은 신체의 온갖 유혹에 시달리기 때문이다. 영혼을 육체에서 최대한 분리해야 세계의 본질인 이데아를 볼 수 있다. 그런데 죽음은 영혼이 몸에서 분리되는 것이다. 그런 의미에서 평소 죽음에 가장 가까운 상태로 살아가는 철학자들은 죽음을 두려워하거나 피하지 않고 자연스럽고 기쁘게 받아들인다. 몸을 사랑하는 사람과 달리 지혜를 사랑하는 사람은 죽게 되었다고 화내지 않는다. 「향연」을 읽으며 죽음을 담담하게 대하는 관조적인 자세를 배운다.

이와 함께 고등학교 윤리 시간에 단어로만 외웠던 플라톤의 사주덕, 영혼불멸설, 상기설이 이 책에 있음을 알게 되었다. 순수한 영혼의 상태인 지혜를 가진 자만이 용기와 절제, 정의로운 사람이 될 수 있다. 이것이 플라톤의 사주덕이다. 음과 양, 생과 사 등 세상의 모든 대립하는 것은 서로에게서 생긴다. 사람은 태어나기 전에 영혼이 알고 있던 지식을 태어나는 순간 망각하게 되는데, 다행히 교육을 통해 이를 다시 기억해 낼 수 있다. 이것이 플라톤의 영혼불멸설과 상기설이다. 어려운 단어를 접한 지 30년이 지나서야 무슨 의미인지 제대로 알게 되었다. 득도하는 느낌이 이런 걸까? 가슴이 벅차오른다. 이런 걸 읽고 혼자 자부심 충만해지는 이 느낌이 나는 참 좋다.

나의 신념이 옳다는 것을 확인해 주는 고전

'만인에 대한 만인의 투쟁'이라는 살벌한 말로 유명한 토머스 홉스를 「리바이어던」을 읽으며 새롭게 봤다. 홉스는 이 책에서 주권을 지닌 대표자의 중요한 직무로 공교육, 좋은 법 제정, 공정한 법 집행 세 가지를 꼽는다. 공동체가 잘 유지되기 위해서는 교육이 근본이 되어야 하며, 공교육 시스템을 잘 만들어야 한다. 홉스는 과세의 평등을 다루면서, 성실하게 더 많이 일하고 절약해 저축한 사람이 나태하고 소득이 적고 버는 대로 다 쓰는 사람보다 왜 더 많은 세금을 내어야 하는지 지적한다. 신체 건강한 사람이 자기 눈높이에 맞는 일자리가 없다는 핑계로 노동하지 않고, 부자는 이유를 불문하고 범죄시하는 듯한 요즘

세태를 돌아보게 한다. 일할 마음이 있고 육체와 정신이 건강하면 호화롭진 않아도 얼마든지 잘 살 수 있는 세상이다. 가능한 노력을 다하지 않는 사람에게도 똑같이 기본 소득을 챙겨 줘야 한다고 말하는 이들을 보면 한숨부터 나온다. 「리바이어던」은 나의 신념이 옳다는 것을 확인해 주는 고전이다. 법과 정의는 공정하고도 의미 있게 적용되어야 하지 않을까 생각한다.

어떤 것이 무한하다는 말은

그 끝이나 한계를 생각할 수 없다는 뜻일 뿐이다.

즉, '무한하다'라는 말은

그 말이 적용되는 대상 자체의 개념이 아니라

우리 자신의 무능력을 나타내는 개념인 것이다.

홉스, 「리바이어던」 중에서

함께하기에 포기하지 않고 고전을 읽어 나간다.

인생도 마찬가지인 것 같다.

나를 너머 우리를 생각한다

IT여성기업인협회 영남지회 수석부회장을 다시 맡게 되었다. 2012년부터 했던 협회 활동인데, 2019년 겨울 다시 공부해야 겠다고 결심한 순간 예전처럼 열심히 할 수 없을 것 같아 고심 끝에 그만두었다. 하지만 감사하게도 한 번씩 연락을 주셔서 인연의 끈을 놓지 않았다. 2023년 여름 석사학위를 받고 난 뒤 다시 돌아온 나의 친정 같은 협회, 이상하게도 눈물이 왈칵 났다. 이래저래 눈물 많은 윤 할매다. 40대를 함께 했던 동년배 회원들은 어느새 오십 자락이 되었다. 힘들 때 대표님들을 보며 위로받았고 사업과 인생을 배웠다. 그들의 따뜻한 관심과 사랑을 이제 우리 뒤를 잇는 여성 대표님들과 후배들에게 돌려줄 나이가 되었다. 함께하며 어떤 방식으로든 서로에게 보탬이 되는 사람이 되어야겠다고, 오랜 시간 함께한 우리는 같은 생각을 하고 있다. 협회 활동은 소중한 시간과 돈에 더 소중한 마음을 보태는 일이다. 지금 당장 유형의 물질적인 대가를 얻을 수는 없지만 동병상련의 처지를 위로하고 격려하며 감사와 배움, 성장이라는 더 큰 무형의 재산을 얻는다. 이렇게 마음의 근육이 단련되면 나 자신과 가정, 회사, 사회 등 다양한 영역에서 발생하는 어떤 어려운 일도 헤쳐 나갈 힘이 생긴다. 인간은 함께 살아가며 서로에게 힘을 주고받는 존재다.

몇 년째 6월 중하순이 되면 맛있는 강원도 감자를 기다린다. 타박타박 구수한 삶은 감자를 생각하면 침이 꼴깍 넘어간다. 껍질을 벗겨 소금 간을 한 물에 폭폭 삶아 남은 물을 따라 내고, 탈 듯 말 듯한 순간에 뚜껑을 덮고 냄비째로 마구 흔든다. 그러다가 포슬포슬 뽀얀 감자분이 감자와 냄비 바닥 사이에 함박눈처럼 소복이 쌓이면 요리가 끝난다. 이렇게 맛있는 감자는 우리나라 어디에서도 구하기 힘들다. 오로지 우리 책 모임의 회장님이 농사짓기에 먹을 수 있다. 회장님은 혼자 농사지은 감자를 다 캐내고는 바닥에 널브러진 감자 사진을 단톡방에 올리며 말한다.

"이 많은 감자를 버릴 데가 없네!"
"회장님, 저한테 버려 주세요!"

어느 날은 비 오기 전에 캐야 한다고 혼자서 정신없이 감자를 캐다 보니 새벽 4시가 되었다고 한다. 올해 밭에서 수확한 감자가 10kg 상자 스무 개 분량이라니 어마어마하다. 손수 거름을 만들어 흙을 영양가 있게 만들고 홀로 농사지어 여름이면 감자, 겨울이면 배추를 공급해 주신다. 무농약으로 농사짓는 정성과 시간을 생각하면 귀한 수확물을 고가에 팔아도 모자랄 판이다. 온갖 채소와 꽃을 가꾸어 수시로 사진 찍어 단톡방에 올리고, 맛있는 고기 파티도 종종 열어 주신다. 몸이 힘들고 피곤한데도 소중한 사람들에게 귀한 결실을 나누는 것이 우리 회장님의 행복이다. 나누고 함께할 수 있는 것이 행복이라는 생각. 처음엔 왜 저렇게까지 할까 싶었는데, 이젠 회장님의 건강이 걱정된다. 그리고 생각하게 된다.

"내가 나눌 수 있는 '감자'는 무엇일까?"

몽테스키외의 「법의 정신」은 민주정에서 권력의 균형과 조화를 이루기 위한 삼권분립을 제시하는 것으로 유명하다. 민주정에서는 개개인의 능력이 중요하다. 각자가 자기 능력을 충분히 계발할 수 있어야 개인의 자유와 다양성이 유지되고 발달하기 때문이다. 지나치게 평등을 강조하는 사회는 개개인의 능력을 인정하지 않게 되어, 너나 나나 똑같다고 하거나 혹은 똑같아야 한다는 사고방식이 만연하게 되고 결국 민주주의가 타락하게 된다. 개인의 능력을 계발하는 데 가장 중요한 것은 무엇일까? 바로 교육이다. 교육은 아이들만 하는 게 아니다. 인간이면 누구나 자기 자신을 평생 교육해야 한다. 몽테스키외는 민주정체가 극단적인 평등을 강조할 때 오히려 정치인이 더 부패하고 국민은 더 불행해진다고 주장한다. 공짜에 익숙해진 국민은 갈수록 더 공짜를 기대하고 정치인은 국민에게서 교묘하게 더 빼앗아 나눠 줄 궁리를 하게 된다. 몽테스키외는 국민 개개인이 탁월한 국민이 되는 데는 교육의 역할이 무엇보다 중요하다고 말한다. 국민이 당장 눈앞의 이익만 보는 게 아니라 국가의 미래를 내다볼 수 있는 지혜를 갖도록 교육해야 하기 때문이다.

'내가 좋아하고 잘할 수 있고 또 함께 나눌 수 있는 것을 생각해 보니 교육이다.'

열심히 공부해 내 능력을 최대한 계발하고, 아직은 부족하지만 지금의 나로 성장할 수 있도록 이끌어 주고 영감을 준 많은 이에게 감사하며 보답하는 길을 걷고 싶다. 나는 아이들에게 늘 말한다. 우리는 다른 사람의 도움 없이는 아무것도 할 수 없다고, 생존 자체가 불가능하다고 말이다. 내가 먹는 빵 하나도 농사를 짓고 원료를 공장으로 운반해 빵으로 만들고 유통하고 판매하는 수많은 사람의 손을 거쳐 내 식탁 위에 올라온다. 책 한

권도 누군가 머리를 쥐어뜯으며 글을 쓰고 또 고치고 책이라는 유형의 물질로 만들어져 내 손에 들어오기까지 얼마나 많은 과정을 겪었을까. 어느 것 하나 타인의 수고를 거치지 않은 것이 없다. 개개인의 일은 결국 우리의 일이다. 나는 각자 최선을 다해 자기 역할을 충실히 해내는 일이 모두를 위한 일이라 생각하고 그런 일에 보탬이 되고 싶다.

인간은 함께 살아가는 존재다. 내가 도움받은 것이 이렇게나 많은데 책 읽고 공부하며 혼자 좋아하고 만족하는 건 옳지 않은 것 같다. 묵묵히 성실하게 공부하며 감사하는 마음으로 현재를 살아가는 내 모습이 많은 이에게 조금이나마 동기 부여가 되고 희망이 되면 좋겠다. 나아가 많은 분이 용기와 끈기로 자신의 삶을 행복하게 경영할 수 있도록 도와주고 싶다. 세상을 향한 공부가 그침 없이 거침없이 이어지도록 최선을 다하는 삶, 세상을 이롭게 하는 삶, 건강한 삶을 살아갈 것을 독자들에게 조용히 약속해 본다.

참고서적

괴테. 『파우스트』. 곽복록 역. 서울: 동서문화사, 2016.

데이비드 흄. 『정념에 관하여』. 이준호 역. 파주: 서광사, 1996.

데일 카네기. 『데일 카네기 인간관계론』. 강성복 역. 서울: 리베르, 2006.

르네 데카르트. 『제일철학에 관한 성찰』. 이현복 역. 서울: 문예출판사, 2021.

─────. 『방법서설』. 이현복 역 서울: 문예출판사, 2022.

마셜 B. 로젠버그. 『비폭력대화』. 캐서린 한 역. 서울: 한국NVC출판사, 2017.

마이클 샌델. 『정의란 무엇인가』. 이창신 역. 파주: 김영사, 2010.

몽테뉴. 『수상록』. 손우성 역. 서울: 동서문화사, 2007.

몽테스키외. 『법의 정신』. 하재홍 역. 서울: 동서문화사, 2007.

미리내공방. 『누구나 한번쯤 읽어야 할 목민심서』. 서울: 정민미디어, 2017.

세르반테스. 『돈키호테 1, 2』. 박철 역. 서울: 시공사, 2015.

쇼펜하우어. 『세상을 보는 지혜』. 권기철 역. 서울: 동서문화사, 2013.

신중현. 『그때에도 희망을 가졌네』. 대구: 학이사, 2020.

아리스토텔레스. 『니코마코스 윤리학』. 천병희 역. 파주: 숲, 2013.

아우구스티누스. 『성어거스틴의 고백록』. 선한용 역. 서울: 대한기독교서회, 2019.

아우렐리우스. "명상록," 『그리스로마 에세이』. 천병희 역. 파주: 숲, 2011.

에픽테토스. "편람," 『에픽테토스의 인생철학』. 신득렬 역. 대구: 태일사, 2024.

우야마 다쿠에이. 『너무 재밌어서 잠 못 드는 세계사』. 오세웅 역. 서울: 생각의 길, 2016.

윌리엄 셰익스피어. 『햄릿』. 김종환 역. 대구: 태일사, 2020.

월터 아이작슨. 『스티브 잡스』. 안진환 역. 서울: 민음사, 2015.

─────. 『레오나르도 다빈치』. 신봉아 역. 파주: arte, 2019.

제프리 초서. 『캔터베리 이야기』. 송병선 역. 서울: 현대지성, 2017.

존 듀이. 『민주주의와 교육』. 이홍우 역. 파주: 교육과학사, 2007.

존 밀턴. 『실낙원 1, 2』. 조신권 역. 파주: 문학동네, 2020.

토머스 홉스. 『리바이어던』. 진석용 역. 파주: 나남, 2008.

투키디데스. 『펠로폰네소스 전쟁사』. 천병희 역. 파주: 숲, 2011.

파커 J. 파머. 『비통한 자들을 위한 정치학』. 김찬호 역. 파주: 글항아리, 2012.

프랑수아 라블레. 『가르강튀아 팡타그뤼엘』. 유석호 역. 서울: 문학과지성사, 2024.

_____. 『팡타그뤼엘 3, 4』. 유석호 역. 서울: 문학과지성사, 2006.

프랜시스 베이컨. 『학문의 진보』. 이종흡 역. 파주: 아카넷, 2017.

플라톤. 『국가』, 플라톤 전집 4. 천병희 역. 파주: 숲, 2013.

_____. 『소크라테스의 변론, 크리톤, 파이돈, 향연』, 플라톤 전집 1. 천병희 역. 파주: 숲, 2019.

플루타르코스. 『플루타르코스 영웅전 전집 Ⅰ, Ⅱ』. 이성규 역. 서울: 현대지성, 2016.

헤로도토스. 『역사』. 천병희 역. 파주: 숲, 2009.

호메로스. 『일리아스』. 천병희 역. 파주: 숲, 2015.

_____. 『오뒷세이아』. 천병희 역. 파주: 숲, 2015.

홍정욱. 『50 홍정욱 에세이』. 서울: 위즈덤하우스, 2021.

고전하다 고전읽다

초판 1쇄 발행 2024년 9월 10일

지은이 희원(喜園, 윤은경)
펴낸이 김수영

경영지원 최이정 · 박성주
마케팅 박지윤 · 여원 **브랜딩** 박선영 · 장윤희
교정·교열 김민지 **편집 디자인** 서민지 · 김은정

펴낸곳 담다 **출판등록** 제25100-2018-2호 (2018년 1월 5일)
주소 대구광역시 달서구 문화회관길 165, 대구출판산업지원센터 402호
전화 070.7520.2645 **이메일** damdanuri@naver.com
인스타 @damda_book **블로그** blog.naver.com/damdanuri

ⓒ 희원, 2024

ISBN 979-11-89784-46-1 (03810)

도서출판 담다는 생각과 마음을 담은 원고 투고를 기다리고 있습니다. 작가의 꿈을 이루고 싶은 분은 이메일 damdanuri@naver.com으로 출간기획서와 원고를 보내주세요.